정희

정희

서 정 희 에 세 이

arte

쉰이

훌쩍 넘은

지금.

더 이상 누구의 아내,

누구의 엄마가 아닌

'정희'라는 이름의

진짜 '내 인생'을

비로소

시작하려 한다.

'정희'라는 이름의 진짜 내 인생

새벽 4시. 어김없이 눈을 떴다. 오랜 습관은 변하지 않는다. 아직은 어두운 방, 불을 켜고 CD를 걸었다. 오래도록 아끼며 좋아했던 익숙한 음악이 흐른다. 종종 딸 동주가 연주하던 그 곡. 라흐마니노프 피아노 협주곡이다. 레몬을 띄운 물 한 잔을 들고 창문을 열어본다. 초여름의 새벽 공기가 따뜻하다. 저 아래 도로를 지나는 수많은 자동차. 일상을 시작하는 사람들의 움직임. 새날이다.

　다시 돌아온 동네, 꼭 2년 만. 그동안 한 번도 가본 적 없고 아는 이 하나 없는 외곽 신도시에 살았다. 아무도 모르는 곳에 숨고 싶었다. 아니, 솔직하게 말해 갈 곳이 없었다. 사건이 터지고 집을 나와 이혼 수속을 밟으며 극심한 트라우마에 시달렸다. 살 곳을 찾아야 했을 때 가장 먼저 든 생각은 살던 곳에서 멀리 떨어져야 한다는 것이었다.

딸아이가 적당한 거처를 알아봐줬다. 그곳에서 엄마와 함께 지내며 정신과 치료를 받았다. 새 건물, 새 도로. 새로 생긴 도시에서 새롭게 시작하고 싶었다. 나를 버린 도시를 나도 버리고 싶었다. 실패한 그곳에서, 망쳐버린 그곳에서 나오고 싶었다.

하지만 이상했다. 새로운 곳에서 살려고, 살려고 노력했으나 내내 무기력했다. 사람들은 하나부터 열까지 꼼꼼하게 챙기는 나의 완벽함이 결혼 실패의 원인이라고 말했다.

그래, 그렇다면 모조리 바꿔버리자. 오랜 습관을 전부 거꾸로 해봤다. 청소도 안 하고, 옷가지도 마구 쌓아놓고, 게으름뱅이처럼 한참을 침대에 누워 있다가 그대로 침대에 앉아 과자를 먹기도 했다. 시트에 떨어진 과자 부스러기를 손으로 쓱쓱 털어 바닥에 떨어뜨렸다. 엄마가 얻어온 기념 수건을 대충 화장실에 걸어놓고 쓰고, 찬 통의 반찬을 따로 덜지도 않은 채 통째로 상에 늘어놓고 식사를 했다.

그러나 그렇게 하면 할수록 나아지기는커녕 더 깊이깊이 침잠했다. 우울감을 떨쳐내겠다고 이것저것 배우러 다니며 사회에 스며드는 듯 보였지만 그러는 척할 뿐이었다. 하루에도 수십 번 감정의 소용돌이가 일었고 그 안에서 난 자유롭지 못했다.

나를 일으켜야 했다.

어느 날 불현듯 나는 나를 찾고 싶었다.

아무렇게나 내팽개치고 늘어놓은 채 대충 사는 건 다른 사람들이 원한 내 모습이었다. 그것은 내가 원한 모습이 아니었다. 다시 나로 돌아가자. 내가 제일 잘하는 걸 찾자. 내가 할 수 있는 걸 하자. 용기를 내 하나둘 그것들을 찾기 시작했다. 그리고 다시 돌아왔다. 익숙한 나의 동네로.

오래된 아파트. 한동네에 살면서 오며 가며 자주 보았던 건물. 비록 월셋집이지만 이곳에서 진짜 새 인생을 시작하기로 했다. 호화롭진 않지만 내 힘으로 인테리어를 바꾸고 내 스타일로 공간을 채운 집. 진짜 나의 집. 눈치 볼 사람 없고 신경 써야 할 사람 없는 편안한 나의 집.

돌이켜보았다. 가족들이 쉴 수 있는 나의 작은 집을 갖고 싶었다. 어릴 때부터 즐겨 부르던 노래 〈즐거운 나의 집〉과 같은 가정을 만들려고 안간힘을 썼다. 그런데 그 안에서 내가 편안한 적이 있었던가. 아니다. 아이들 덕분에 행복했지만 결코 편안한 삶이 아니었다. 남들에게 보이기 위해, 첫 단추를 잘못 끼운 게 아니란 걸 스스로에게 납득시키기 위해 호수 위의 백조처럼 쉼 없이 물 아래 다리를 저어야 했다.

시간이 흐를수록 생의 물살은 더욱 거세졌고, 물 아래 다리만으로는 부족해 날개를 푸드덕거리며 빠지지 않으려고 안간

힘을 썼다. 더 이상 우아한 백조가 아니란 사실이 만천하에 드러났다.

이제 나는 백조를 꿈꾸지 않는다. 하늘을 날며 노래하는 작은 새처럼 자유롭고 싶을 뿐이다.

앞으로 다시는 다른 이에게 내 삶을 걸지 않겠다. 나의 시간을 오로지 나를 위해 모두 사용할 생각이다. 쉰이 훌쩍 넘은 지금, 더 이상 누구의 아내, 누구의 엄마가 아닌 '정희'라는 이름의 진짜 '내 인생'을 비로소 시작하려 한다.

차례

° 둘 °

。하나。

○

고양이가 그려진 시리얼

아파트 15층. 창밖으로 온갖 풍경이 펼쳐진다. 해와 달과 별
은 물론 바삐 달리는 자동차들, 뛰어노는 아이들, 무표정하게
오가는 사람들. 제시간에 맞춰 오는 노란색 학원 버스 주변에
삼삼오오 모여 있는 젊은 엄마들.

예전에는 나 살기 바빠 아니, 정확히 말해 내가 정해놓은
틀에 갇혀 사느라 주변을 살필 여유가 없었다. 남들이 어떤
모습으로 어떻게 살아가는지는 내 관심사가 아니었다. 내 가
족, 내 남편, 우리 가족의 평판이 우선순위였다.

쫓기듯 살게 된 데에는 어린 시절 가난의 영향이 컸다. 어
릴 적에도 이렇게 높은 곳에 살았다. 보광동 23번지. 높고 높
고 높았던 동네, 촘촘하게 이어진 허름한 집들 사이에 우리
집이 있었다.

언니와 나, 남동생, 여동생까지 모두 네 남매. 가끔 입안에 어린이 영양제인 원기소를 넣어주시던 아버지는 내가 다섯 살 때 심장마비로 돌아가셨다. 엄마 배 속의 막냇동생이 아직 태어나기도 전이었다. 어린 자식을 넷이나 두고 떠난 아버지 때문에 엄마는 일찍부터 생활전선에 뛰어들었다. 엄마의 자리는 외할머니가 대신했다.

엄마는 미군 부대에서 일했다. 하루 종일 일하고 퇴근할 때면 우리 형제들이 먹을 탄산음료를 식당용 플라스틱 용기에 담아 오거나, 다리에 미제 물건을 숨기고 압박붕대로 꽁꽁 묶은 채 나오곤 했다. 또 미군 부대 안에 흔한 냅킨이나 작은 상자에 고양이가 그려진 시리얼을 가져다주기도 했다.

당시 주변에 시리얼을 먹는 아이는 아무도 없었다. 가난 덕에 얻게 된 그것이 어찌나 맛있던지. 네모난 시리얼 상자에는 점선이 있었다. 그 점선을 꼭꼭 눌러 탁, 하고 뚜껑을 열면 기름종이로 만든 봉투가 보였다. 시리얼은 그 속봉투 안에 있었다. 나는 얼른 그 봉투를 반으로 가르고 우유를 부었다. 졸졸 졸, 우유를 따를 때면 침이 꼴깍 넘어갔다. 그릇을 가져올 생각도 않고 꼭 그렇게 상자째 시리얼을 먹곤 했다. 우리 형제 모두 그 순간만큼은 부자가 된 듯했다. 고양이 그림이 그려진 알록달록한 상자에서 시리얼을 꺼내는 순간 세상이 뚝딱 변하는 것만 같았다. 그 시간이 너무 좋아서 나는 매일 엄마의 퇴근을 기다렸다.

엄마가 쉼없이 일했지만 아버지가 없는 우리 집은 항상 가난했다. 건강하고 활발한 형제들과 달리 자그마한 체구의 나는 수시로 빈혈에 시달렸다. 잘 먹지도 말하지도 않는 내가 입을 꽉 다물고 구석에 앉아 있으면 외할머니는 별나다며 혀를 찼다.

"이 염병할 년, 밥 좀 먹어라."

"먹기 싫어요."

"아이고, 별나다 별나. 별걸로 다 속을 썩이네, 저 잡년이. 매일 쓰러지면서 왜 먹지를 않아. 언니 동생들처럼 아무거나 잘 먹으면 좀 좋아. 그러니까 그렇게 키가 안 크지."

외할머니와 나의 대화는 늘 같은 레퍼토리였다. 어쩌다 외할머니가 마당에서 펌프질을 시키곤 했는데, 조그만 나는 온몸을 던져 펌프에 매달려야 했다. 팔 힘이 없어 펌프를 내리려면 온몸으로 사력을 다해 눌러야 했다. 마중물을 넣고 펌프를 누르면서 우리 집도 부잣집이었으면 좋겠다고 생각했다.

다른 형제들은 가난에 크게 스트레스를 받지 않는 것 같았다. 모두 외향적인 성격이었다. 특히 키가 큰 언니는 학창시절 배구선수도 했었다. 형제들 모두 가난 속에서도 밝게 자랐지만 나는 아니었다. 혼자 있는 걸 좋아했고 쓸데없이 가족들과 말을 많이 섞지도 않았다.

천성인지 그때도 깨끗하고 예쁜 게 좋았는데, 옷이나 신발에 흙 묻는 게 싫어 통 나가서 놀지도 않았다. 그저 혼자 있는 게 좋았다. 다들 나가고 나면 집에 혼자 앉아 인형 옷을 그리며 엄마를 기다렸다. 엄마가 돈을 주면 주로 두꺼운 종이에 예쁜 인형과 옷이 그려진 종이 인형 놀이를 샀다. 그 안에 있는 옷만으로는 부족해 도화지에 새 옷을 그려 만들곤 했다. 연필로 밑그림을 그리고 화려하게 색을 입힌 다음 가위로 오려내는 것이다. 그러다 보면 시간이 금방 갔다.

심이 뭉뚝해지면 명주실을 한 눈금씩 당겨 종이를 돌돌 풀어 쓰던 12색 색연필은 내 보물이었다. 종이 인형을 위해 핑크색 드레스도 만들고, 짧고 귀여운 원피스도 만들고, 반바지에 예쁜 그림이 그려진 티셔츠도 만들었다. 베레모를 씌웠다가 영국 왕비 같은 근사한 모자를 만들어주기도 했다. 그렇게 만든 종이 옷들이 상자로 한가득이었다.

손으로 무언가를 그리고 쓰는 버릇은 그때부터 시작된 것같다. 그 시절의 습관 때문인지 지금도 가만히 앉아 깨끗한 노트를 펴고 생각을 정리하면 마음이 편안하다.

새로 이사 간 신도시의 집에서 스스로를 치유하기 위해 가장 먼저 한 것도 글쓰기였다. 기억하고 싶은 책의 한 구절을 기록하고, 묵상 내용을 적고, 때로는 가슴속에 담아두었던 말들을 두서없이 써 내려갔다. 메모의 기적을 믿는 나는 언젠가는 내 삶의 양식이 될 거라 생각하며 머릿속에 들어온 많은 것들을 적어놓곤 했다. 그리고 그것들이 이 책의 시작이 됐다.

보광동 시절에는 종이로 만든 공주에게 옷을 입혀 대리만족하며 늘 다른 삶을 꿈꿨다. 내 처지를 긍정했던 건 딱 한 번이었는데, 바로 홍수가 났을 때였다.

비가 엄청나게 내리던 여름이었다. 태풍이 왔었나? 매일 그치지 않고 비가 내렸다. 누군가 거대한 양동이에 물을 담아 쏟아붓는 것 같았다. 비는 마치 눈처럼 쌓였다. 흐르지 않고 차곡차곡 높아졌다. 처음에는 버스 정류장이 있는 아랫길에 발목이 잠길 정도로 자박자박하더니 어느새 어른 허리를 넘었다. 돼지가 떠다니고 개가 쓸려가고 소쿠리며 바가지가 둥둥 물 위로 올라왔다. 동경하던 아랫동네 부잣집들도 물에 잠겼지만 높이 높이 있던 우리 집은 멀쩡했다.

언젠가 물난리가 난 동네를 배경으로 찍은 사진이 기억난다. 아마도 그때 내가 가진 것 중 남보다 더 좋은 게 있다는 걸 처음 깨달았던 것 같다. 우리 집이 불편하기만 한 건 아니구나, 우리 집은 아무리 비가 와도 끄떡없으니 그걸로 좋다, 그렇게 생각했었다.

그래서인지 집을 구할 때 웬만하면 지대가 높은 곳을 찾고 아파트도 높은 층을 선호했다. 잠재의식 속에 홍수에 대한 공포가 있는지 아이들이 어릴 때 태풍이 불고 장마가 길어지면 불안했다. 그렇게 낮은 곳에 살지 않았는데도 잠길 수 있다는 생각에 짐을 싸서 지대가 높은 곳으로 피해 있기도 했다. 지금 생각하면 우스운 에피소드다.

15층 창밖은 여전히 분주하다. 물난리가 날 일은 없지만, 그 시절처럼 이 높은 곳이 저 아래 어느 곳보다 안락하다. 풍파를 겪었지만 그 덕분에 나는 어떤 비바람에도 끄떡없는 체력을 다지게 됐다. 보광동 높고 높은 옛날 우리 집처럼.

카메라 테스트라뇨?

다른 형제들은 다 병원에서 낳았는데 나만 유독 작아서 엄마가 집에서 쉽게 낳았다고 한다. 나는 외할머니 손으로 직접 받은 유일한 손주지만 외할머니와 사이가 좋지 않았다. 내가 태어나던 날 할머니는 문지방 넘어 화장실에 다녀오다 넘어져 한동안 일어나지 못했다. 내내 누워 계시는 통에 엄마의 몸조리는 물론 갓난아이를 돌봐줄 수도 없었다. 그래서일까, 외할머니는 형제들 중 나에게 유독 인색했다. 그래도 예쁘긴 했는지 태어나자마자 목탁처럼 자그마한 게 반지르르하니 예뻤다고 칭찬했다.

할머니 칭찬 이후로 지금까지도 나는 인물 칭찬을 자주 듣는 편이다. 예뻐서 좋겠다는 부러움 섞인 말도 많이 듣는데, 사실 그게 부러울 일만은 아니다. 인생사 일장일단이 있다고 하지 않는가.

가끔은 남들이 보기에 무던한 얼굴이 되면 얼마나 좋을까 생각했다. 그런데 나를 찾기 시작한 후로 예쁜 얼굴이 내가 지닌 좋은 점이라고 여기게 됐다. 아니, 분명히 좋은 점이다.

어려서부터 집안 어른이나 동네 어른이 예쁘다고 해주어서 그런 줄 알고 살았다. 작은 체구 때문에 늘 맨 앞자리를 도맡았고, 초등학교 시절 내내 선생님들이 나를 무릎에 앉혀 귀여워해줬다. 또 얼마나 더디 자랐는지 초등학교를 졸업할 때까지 엄마를 따라 버스에 올라타 표 없이 슬쩍 자리에 앉아도 안내양이 아무 말을 안 할 정도였다.

끼도 없고 내성적인 데다 말수도 적었으니 내가 연예계에 뛰어들 거라고는 아무도 생각하지 못했을 것이다. 나 또한 얼떨떨했다. 중학교 동창이나 고등학교 친구 중에 이미 데뷔해서 모델이 된 아이가 더러 있었다. 누가 봐도 훤칠하게 예쁘고 끼 많은 친구들이었다. 연예인은 그런 사람만 될 수 있다고 생각했다. 좋아했던 가수 혜은이 씨 같은 사람만.

문득 떠오르는데 그 시절 혜은이 씨를 참 좋아했다. 세상에 그렇게 예쁜 사람은 없는 것 같았다. 동그란 얼굴에 초롱초롱한 눈망울. 목소리는 어쩜 그리 고운지. 마이크를 잡은 포동포동한 손도 매력적으로 보였다. 세월이 한참 흐른 뒤에 혜은이 씨 공연에 초대받아 갔는데, 어찌나 신기하고 떨리던지 얼굴은 물론이고 귀까지 빨개졌다. 심장까지 쿵쿵 뛰었는데 제대로 연애 한 번 못 해본 나는 그때 처음 겪어본 감정이었다. 사랑에 빠지면 이렇게 가슴이 뛰고 설레는 건가 싶었다. 오랜 시간이 지났지만 나는 지금도 반짝이는 드레스를 입고 노래 부르던 무대 위의 혜은이 씨를 잊을 수 없다.

혜은이 씨를 좋아했지만 연예인을 꿈꾸지는 않았다. 아니, 꿈꾸지 못했다. 나는 그럴 여유가 없었다. 꿈꾸는 데 비용이 드는 것도 아니건만, 가난한 우리 집 살림에는 꿈을 꾸는 것도 사치라고 생각했다. 친구들과 비교해서 나은 것이 하나도 없었기에 대학 진학은 포기한 지 오래였다. 물론 가슴 한구석에는 대학생활에 대한 동경이 있었다. 하지만 가능성이 없는 일에 매달릴 순 없었다. 엄마가 혼자 벌어서는 다섯 식구 살림 꾸리기도 벅찬 하루하루. 늘 바쁜 엄마와 정이나 사랑을 나눌 시간도 부족했다. 그래서일까? 하루빨리 집을 떠나 독립하고 싶다는 게 유일한 꿈이라면 꿈이었다.

그 시절 버팀목이자 희망은 미국에 사는 친척들이었다. 하루빨리 미국에 가는 것만이 나의 목표였다. 그곳에 가면 지금보다 나은 환경에서 살 수 있을 거라는 믿음으로 아메리칸 드림을 계획했다. 고등학교 3학년이 되던 해 드디어 이모에게서 초청이 왔고, 겨울방학 동안 우리 가족은 이민을 떠날 준비를 했다. 나는 학교를 자퇴하고 영어학원에 등록했다.

《타임》,《포천》,《리더스 다이제스트》 같은 잡지를 정기구독하며 학원비를 벌기 위해 백화점에서 아르바이트를 시작했다. 또 그즈음 삼성전자에서 출시한 휴대용 카세트의 길거리 홍보 일도 했다. 내성적인 성격이었지만 일이라고 생각하니 부끄럽지 않았다. 한푼이라도 더 벌 생각에 카세트를 열심히 팔아 실적도 제법 좋았다. 이때만 해도 미국 이민으로 들뜬 발랄한 여고생이었다.

그런데 그 겨울 종로2가 거리, 한 남자가 내 앞으로 다가온 순간부터 내 인생은 완전히 다른 방향으로 달려갔다. 한겨울 해가 쨍한 추운 날이었다. 영어 수업을 마치고 학원 친구와 함께 수다를 떨며 길을 걷고 있는데 어떤 이가 내 발길을 막아섰다. 사진작가라고 했다. 내게 카메라 테스트를 한번 받아보라며 명함을 건넸다.

"나 나쁜 사람 아니에요. 사진작가예요. 명함에 쓰여 있죠? 모델 해볼 생각 없어요?"

"제가요? 저 그런 거 한 번도 안 해봤어요."

팔짱을 끼고 있던 친구가 명함을 가져가더니 이리저리 살핀 후 한번 가보자고 했다.

"내가 같이 가줄게."

너무 순진했던 건지, 무지했던 건지 친구가 함께 가준다는 말에 생전 처음 본 사진작가라는 사람을 따라갔다. 화장품 회사였다. 지금도 그렇지만 나는 단순한 편이라 누구의 말을 의심하거나 상대의 의중을 눈치챌 줄 모른다. 누굴 만나 무슨 이야기를 들어도 상대가 그렇다고 하면 그런가 보다 하고 믿는 쪽이다. 아직까지도 농담과 진담을 잘 구분하지 못한다. 이제 알 만한 나이가 됐는데도 여전한 걸 보면 천성 자체가 그런 게 아닌가 싶다.

화장품 회사는 집과 가까운 용산에 있었다. 가자마자 미용 연구실이라는 곳에서 메이크업을 받고 스튜디오에서 촬영을 했다. 처음 해보는 일이고 심장이 터질 듯 떨렸지만 어찌어찌 첫 촬영을 끝냈다. 담당자는 결과가 바로 나올 테니 기다리라고 했다. 시간이 조금 흐르고 사진작가가 대기실로 찾아왔다.

"서정희 양, 이거 안타깝게 됐네요. 회의를 했는데 너무 앳된 얼굴이라 화장품 모델로는 적합하지 않다고 결론이 났어요."

"네, 알겠습니다."

처음부터 내가 원해서 한 일이 아니었기 때문에 미련은 없었다. 카메라 테스트에서 떨어졌다는 사실이 조금 아쉽긴 했지만 괜찮았다.

"주인공은 아니어도 단역이 필요하니까 생각 있으면 이 광고 같이 찍죠."

어차피 돈을 벌기 위해 닥치는 대로 아르바이트를 하고 있던 중이라 하겠다고 말했다. 아직 고등학교도 졸업하지 않은, 미래가 보이지 않는 가난한 여고생. 기획사나 매니저도 없는 나에게 사진작가는 디자이너인 자신의 여자 친구를 소개해줬다. 옷을 협찬해주기 위해서였다. 이후로도 그 사진작가는 여러 가지로 신경을 많이 써주었다.

언젠가 그리운 옛사람을 찾아주는 〈TV는 사랑을 싣고〉라는 프로그램에 출연했을 때 나는 그분을 찾으려고 했다. 당시 남편이 그 사실을 알고 불같이 화를 내지 않았다면 중학교 은사님 대신 그분을 만났을 것이다.

그렇게 우연히 길에서 마주친 사진작가 덕에 CF 모델의 길로 접어들었다. 그때만 해도 그것이 32년간 이어진 결혼 생활의 첫출발이 될 줄은 상상조차 하지 못했다. 아직도 지금 처한 현실이 버거울 때면 길거리 캐스팅 이전의 나로 돌아가고 싶다는 생각을 한다.

그때 착실히 영어 공부를 해서 미국에 갔다면 가슴속 품었

던 아메리칸 드림을 이룰 수 있었을까? 잘 모르겠다. 인생은
어렵고 오묘해서 모를 일투성이다. 그래도 단 하나 확실한 것
은 앞으로의 인생에서 똑같은 실수는 하지 않을 거라는 사실
이다.

。

아버지의 빈 자리

고모는 동네에서 엘리자베스 테일러라 불렸다고 한다. 내가 그 고모를 많이 닮았다니 친탁을 한 것 같다. 나만 왜소한 것도 그렇고 형제들 사이에서 나는 돌연변이였다. 외가 쪽으로는 체형이며 생김새가 비슷한 사람이 없으니 아무래도 아버지 쪽을 많이 닮은 것 같은데 사실 난 아버지에 대한 기억이 별로 없다.

레코드사에 다니던 친척 덕에 우리 집에는 없는 살림에도 음악과 관련된 것들이 제법 있었다. 축음기며 릴테이프나 도 넛판 같은, 지금은 골동품 가게나 가야 볼 수 있는 것들이 있었다. 찬장처럼 생긴 옛날 전축 문을 열고 음악을 틀어주던 아버지와 그 앞에서 춤을 추던 내가 떠오른다. 레코드판에서 흘러나오는 일본 노래 〈블루라이트 요코하마〉라든가 이미자의 노래를 종알종알 따라 하면 아버지가 귀엽다고 흐뭇하게 쳐다보곤 했다. 심장마비로 서른한 살 젊은 나이에 갑자기 돌아가신 아버지에 대한 작은 조각 같은 기억이다. 우리는 함께한 시간이 너무 짧았다.

아버지의 부재는 정신적 결핍으로 다가왔다. 보호받지 못했다는 느낌, 충분히 사랑받지 못한 유년 시절에 대한 아쉬움이 내 삶을 지배했다. 아버지가 없어서, 내가 그 사랑을 받아보지 못해서, 어떻게든 나의 아이들에게는 그런 불안감을 물려주기 싫어서 버티고 또 버티고 버텼던 시간이었다. 어느 땐 돌이킬 수 없는 실수에 대한 책임을 이미 떠나고 없는 아버지 탓으로 돌리기도 했다.

아이들에게 언제나 건재한 아빠의 존재를 인식시켜주려고 노력했다. 남편이 공연을 할 때면 단상 아래서 기다렸다가 꽃다발을 건넸고, 축하할 일이 있으면 집에서 이벤트를 준비했다. 남편 생일이면 아이들에게 축하 노래와 연주를 연습시키고, 풍선을 불고 꽃을 꽂았다.

헤어지기 몇 년 전까지 아이들은 의아했을 것이다. 무조건적으로 복종하는 엄마, 어느 것 하나 혼자 해결하려 들지 않는 엄마. 엄마는 왜 아빠에게 한마디 대꾸도 못 하고 속수무책 당하는 걸까, 이상했겠지. 무슨 일이 있어도 아이들에게 아빠의 빈자리를 느끼게 하고 싶지 않았던 내 마음을 아이들은 몰랐으니까. 그런 억지다짐이 일을 이렇게까지 키울 거라고는 생각지 못했다.

내가 미처 몰랐던 게 어디 그것만인가. 소설이나 영화를 보면 단 하루의 일로 인생이 바뀌는 주인공을 자주 만나게 된다. 어렸을 때 그런 이야기를 접하면 말도 안 된다고 생각했다. 내가 그 주인공이 될 거라고는 꿈에도 생각지 못했다.

영어학원에 다니고, 길거리 캐스팅이 되고, 카메라 테스트를 받고, 제과회사 CF의 출연 기회를 얻고, 그 사람과의 첫 만남까지 사흘이 채 걸리지 않았다. 미리 각본이라도 짜인 듯 하루하루 예상치 못한 일들이 밀려왔다. 순진한 데다 아직은 아이 같았던 나는 더 큰 소용돌이가 다가올 것도 모르고 그저 어리둥절했다.

"이번에 화장품은 미안하게 됐어요. 충분히 주연이 될 거라고 생각했는데. 혹시 마음이 있다면 제대로 광고 한번 찍어볼래요? 과자 광고예요."

나를 캐스팅했던 사진작가는 아쉬움에 한 제과회사에 나를 소개했다. 촬영은 바로 다음 날이라고 했다. 프로덕션에 도착하니 제과회사 전속 연예인 세 명이 미리 와 있었다. 잠시 후에 남자 파트너가 들어왔는데 그가 바로 전남편이었다. 당시 그는 떠오르던 개그 스타였다. 메인 모델인 그가 여자 파트너 후보자들 중 한 명을 지목하고 함께 광고를 찍게 돼 있었다. 그는 한쪽 구석에 어색한 표정으로 서 있던 나를 지목했다. 그렇게 엉겁결에 CF 모델이 됐다.

여러 후보 중 나를 선택해준 것은 고마웠지만, 솔직한 심정으로 그에 대한 첫인상은 좋지 않았다. 볼 만한 것이라고는 하얀 피부뿐, 긴 얼굴과 툭 튀어나온 입이 실제로 보니 더 못생긴 얼굴이었다.

지금까지 많은 사람들이 묻는 게 있다. 둘이 동성동본이 아니냐는 것이다. 그와 나는 동성동본이 아니다. 가끔 그와의 만남을 되돌아보곤 하는데, 사람들이 생각했듯 서씨 성의 본관이 세상에 하나밖에 없었더라면 얼마나 좋았을까 한다. 만일 우리 두 사람이 동성동본으로 태어났다면 내 인생이 이렇게 불행으로 얽히진 않았을 텐데. 만일 그와 그렇게 인연이 되지 않았더라면 지금의 내 인생이 어떤 모습으로 전개되었을까? 일찌감치 날개 달고 훨훨 날았을까? 아니면 지극히 평범한 삶을 살며 별다른 부침 없이 편안했을까?

하지만 이제는 안다.

그 상처가 지금의 나를 있게 했다는 사실을.

이후로 상처가 남긴 흉터를 지우기 위해 무던히 노력했다.

남보다 곱절로 이를 악물고 열심히 살았다.

아이 둘을 키우고 돌아보니 흉터는 훈장이 되어 있었다.

○

내가 원했던 단 한 가지

제과회사의 다음 광고는 제주도에서 촬영한다고 했다. 비행기를 타는 건 처음이었다. 나는 잔뜩 긴장했고, 그런 내가 신경 쓰였는지 옆자리에 앉은 그가 계속 말을 걸었다. 촬영장까지 가는 이동 버스에서도 옆자리에 앉아줬다. 매니저도 없이 혼자 다니는 나를 여러모로 챙겨줬다. 촬영하는 내내 그와 긴 시간을 함께했다.

그는 재미있는 얘기도 많이 하고 연예계 선배로 이런저런 조언도 많이 해줬다. 대부분 웃음이 터지는 이야기였지만 충격적인 내용도 있었다. 스타가 되려면 술과 담배도 할 줄 알아야 한다고 했다. 놀란 나에게 그는 씩 웃으며 오빠만 믿으라고 말했다. 첫 사회생활을 시작한 열여덟의 나는 그렇게 말해주는 그가 고마웠다. 이 사람은 믿어도 되겠다고 생각했다. 그러나 믿었던 그가 나의 순결을 빼앗았다.

엄마는 광고를 찍고 사라진 딸을 찾아다녔다. 남편을 일찍 저세상으로 보내고 주변에 일가친척 하나 없던 엄마가 얼마나 황망했을지 지금 생각하면 죄송한 마음이 너무나 크다. 딸이 나타나지 않은 며칠 동안 걱정으로 잠 못 이룬 엄마는 얼굴이 상해 있었다. 그 얼굴을 보니 속상하고 미안해 눈물이 왈칵 쏟아졌다. 그는 우는 나를 옆에 세워두고 엄마 앞에서 용서를 빌었다.

"어머니, 죽을죄를 지었습니다. 잘못했습니다. 정희는 제가 책임지겠습니다."

하늘이 무너지는 것 같았는지 엄마는 잠시 휘청했다.

"어머니, 부탁이 있습니다. 정희 미국으로 보내지만 말아주세요. 제가 잘해주겠습니다. 이제 제 여자입니다. 부탁드립니다."

당장 결혼은 힘드니 당분간 함께 살겠다는 그의 말에 엄마는 깊은 한숨을 내쉬었다. 그리고 몸을 빼앗긴 딸의 처지를 생각해 어쩔 수 없이 혼인을 인정하겠다고 말했다. 이민국에서 정한 이민 날짜가 다가오는 상황이었다.

나의 의사와 관계없이 진행되는 그 이야기를 들으며 나는 무너졌다. 모든 걸 포기하고 싶었다. 얼마나 기다려온 이민이었는가. 미국에 가면 나는 더 이상 아버지 없는 가난한 집안의 둘째가 아니어도 됐다. 평등의 나라, 기회의 나라라고 했다. 돈이 없어도 노력하면 멋진 삶을 살 수 있는 곳이라고 모두들 말했다. 나도 그 기회라는 걸 잡아 다른 삶을 살기를 꿈꿨다. 그리고 그날은 멀지 않았다고 생각했다. 그런데 그만 한 남자에게 발목을 잡혔다. 꿈과 소망이 송두리째 물거품이 됐다.

집안 식구들은 예정대로 이민 준비를 했다. 그리고 나는 그와 함께 살게 될 날을 기다렸다. 기다리는 내내 이렇게 순결만 빼앗기고 버림받지는 않을까 전전긍긍했다.

그사이 그는 툭하면 전화를 걸어 도시락을 싸 오라는 둥 이것저것 요구하며 나를 불러냈다. 당시 그는 라디오 프로그램 〈별이 빛나는 밤에〉를 진행하는 인기 DJ였다. 내가 글 쓰는 걸 좋아한다는 걸 알고는 편지를 써 오라고 자주 요구했다. 그 편지 내용을 자기가 진행하는 프로그램의 오프닝이나 클로징 멘트로 이용했다.

만약 그때 그가 숨은 나의 재능을 알아보고 나에게 새로운 길을 열어줬다면 어땠을까? 살면서 한 번이라도 글 쓰는 재능을 살려보라고 나를 독려해줬다면 지금 나는 어떤 길을 가고 있을까?

버려질지도 모른다는 두려움에 숙제하듯 편지를 썼다. 오라면 오고, 가라면 가고, 편지를 쓰라면 쓰고, 도시락을 싸라면 싸고. 우리는 처음부터 그렇게 주종관계로 맺어졌다.

이해하지 못할 것이다. 순결이 뭐라고 사랑 없는 결혼을 하고 자신의 전 인생과 맞바꾸느냐고 코웃음을 칠 것이다. 그러나 그 시절의 나에게 순결은 사랑의 전부였다. 첫 관계를 한 사람과 평생을 살아가는 게 여자의 운명인 줄만 알았다. 아이러니한 건 비통한 와중에도 버림받지 않을까 전전긍긍했다는 사실이다. 나를 이렇게 범해놓고 모르는 척 떠나버리면 어쩌지? 그러면 앞으로 내 인생은 어떻게 되는 거지? 마치 세상이 그와 나 사이의 일을 모두 알고 있는 것만 같아 불안해서 잠을 이룰 수 없었다.

결국 우리는 동거를 시작했고, 얼마 지나지 않아 부부가 됐다. 내 나이 열여덟. 이민 준비를 위해 고등학교를 중퇴한 지 얼마 되지 않아서였다. 고교 중퇴라는 타이틀은 사는 동안 내내 치명적인 상처가 됐다. 아무도 묻지 않고 따지지 않았지만 상처는 불쑥불쑥 되살아나 나를 괴롭혔다. 자격지심과 피해의식, 열등감과 자괴감 등이 각기 다른 형태로 내 주변을 맴돌았다.

하지만 이제는 안다. 그 상처가 지금의 나를 있게 했다는 사실을. 이후로 상처가 남긴 흉터를 지우기 위해 무던히 노력했다. 남보다 곱절로 이를 악물고 열심히 살았다. 아이 둘을 키우고 돌아보니 흉터는 훈장이 되어 있었다.

비정상적으로 시작된 결혼생활이 순탄할 리 없었다. 불행이 꼬리에 꼬리를 물며 내 인생을 삼켰다. 그는 나에게 군림하려고 했다. 함께 살기 시작하자마자 내가 가지고 있던 지인들의 전화번호 수첩을 빼앗아버렸다. 휴대전화가 없던 시절이라 수첩에 전화번호를 적어두었는데 그걸 가져갔다. 나를 외부로부터 완전히 차단시켰다. 연예 활동은 더 이상 못 하게 했고 살림만 하게 했다. 그런데 나는 그걸 이상하게 생각하지 않았다. 그저 그가 나를 너무나 사랑해서 보호하려는 마음이라고 받아들였다.

느닷없이 한 남자의 여자가 된 나는 결혼이라는 울타리 안에서 원하든 원치 않든 아내로서의 삶을 시작해야 했다. 나는 운명을 되돌릴 수 없다면 운명을 만들어가기로 했다. 가정에 애착을 느끼려고 노력했다. 그것이 나의 삶을 책임지는 가장 현명한 방법이라고 여겼다. 남편을 훌륭히 내조하고 자녀 양육에 내 모든 것을 쏟아 좋은 아내, 좋은 엄마가 되는 것, 그것이 단 하나의 목표가 되었다. 그사이에 내 모습은 조금씩 희미해졌지만 내 삶을 옳게 만들기 위해 선택할 수 있는 건 그것뿐이었다. 다행히 살림이 적성에 맞았다.

언제나 착한 여자, 착한 아내이고 싶었던 나는 집 안에서조차 감정을 드러내지 않았다. 가면을 쓴 듯 속은 울고 있지만 겉으로는 행복한 척했다. 물론 밖에서 보기에는 완벽한 가정이었다. 완벽한 가정이야말로 내가 원하는 단 한 가지였다.

°

어두운 다락방의 자장가

"잘 자라 우리 아가, 앞뜰과 뒷동산에~."

자장가를 불러주면 딸아이 동주는 내 품에서 새근새근 잠
이 들었다. 모차르트 자장가가 끝나면 "잘 자라 내 아기 내
귀여운 아기, 아름다운 장미꽃 너를 둘러 피었네" 브람스 자
장가로 넘어가서 "잘 자라, 잘 자라, 노래를 들으면 옥같이
예쁜 우리 아가야" 슈베르트로 이어졌다가 이내 "우리 아기
착한 아기 소록소록 잠든다, 하늘 나라 아기별도 엄마 품에
잠든다"라는 김대현의 자장가까지.

아이를 품에 안고 자장가를 부르고 있으면 내가 아이가 된
것 같았다. 한 번도 따뜻한 자장가를 듣지 못하고 자란 나는
그렇게 아이를 통해 나 자신을 위로했다. "사랑한다 동주야,
사랑한다 정희야"라고 다독이면서.

레코드판에서 흘러나오는 노래를 따라 부르던 작은 꼬마가 다시 노래를 부르게 된 건 아이를 낳고 난 뒤였다.

결혼을 하고 나는 가난에서 벗어났다. 당시 그는 꽤 잘나가는 젊은 개그맨이었고, 결혼 이후에도 화려한 입담으로 자기 자리를 더욱 굳혀갔다. 나는 통제된 삶을 살았지만 금전적인 어려움 없이 하고 싶은 것들을 할 수 있었다. 하고 싶은 것이래야 전부 집 꾸미기와 관련된 것이었다. 가족을 위해 조금이라도 더 안락하고 청결하며 아름다운 집을 만들려고 애썼다.

신분 상승을 한 것 같았다. 그런 물질적인 혜택이 갑작스러운 선택에 대한 후회를 무마해주었다. 그와 함께 살면서 처음에는 낯설고 불안해 아이가 어두운 다락방에 숨듯 싱크대 속에서 웅크리고 잠들곤 했다. 다 큰 어른이 싱크대에 숨어서 잠이 든다니, 아무리 철이 없어도 이게 무슨 소리인가 할 것이다. 잠시 설명이 필요한 대목이다.

처음 우리는 동거로 시작했다. 나는 세상 사람들에게 결혼도 하지 않고 동거한다는 사실이 탄로 날까 겁이 났다. 막 광고 모델을 시작할 때였는데 혹시 소문이 나면 어쩌나 어린 마음에 얼마나 가슴을 졸였는지 모른다. 설상가상으로 결혼을 반대하던 시댁 식구들이 찾아와 입에 담지 못할 욕설을 쏟아냈다. 어느 날은 손찌검을 하고, 또 어느 날은 창문에 돌을 던지기도 했다. 이처럼 시댁 식구들의 반대는 상상을 초월할 정도였다. 당시 남편은 막 피어나는 연예인이었는데, 경제적 주체인 그가 사라지는 게 두려웠을 것이다. 그땐 잘나가는 연예인이 스캔들만 나도 인기가 곤두박질쳤다. 스타가 결혼하면 인기 떨어지는 게 상식이었다.

시댁에서는 내가 남편의 앞길 망친다고 생각했었던 것 같다. 그들은 화를 참지 못했고, 나는 수시로 당해야 했다. 그럴 때마다 남편은 나의 수모를 막아줬다. 믿음직스러웠고 든든했다. 아빠가 돌아가시고 혼자 된 엄마 아래서 허전하던 마음에 울타리가 생긴 것 같았다. 저 사람을 믿고 이 울타리 안의 내 가정을 잘 가꿔야지, 어린 나이에도 수시로 그런 생각을 하며 지냈다. 하지만 그가 일을 하러 나가면 이런저런 이유로 두려웠다.

특히 갑자기 시댁 식구가 들이닥치는 것이 공포였다. 불쑥 찾아와 내 짐을 다 내동댕이치고 쫓아낼 것 같았다. 친정 식구들은 다 이민을 가버려서 나는 돌아갈 곳도 없었다. 쫓겨나면 안 된다는 생각에 싱크대나 벽장 안에 숨기 시작했다. 누가 집에 와도 보이지 않는 곳이었다. 그곳에 작은 몸을 눕히고 있으면 그나마 마음이 편안했다. 가끔은 그 안에서 잠이 들곤 했다.

나를 괴롭히는 시댁 식구들에게 남편은 화를 냈다. 그때 처음으로 저 사람이 내 편이라는 생각을 했다. 내 의지와 다르게 일이 진행됐지만 그즈음부터는 그를 받아들이고 인정했다. 내 편, 내 사람, 내 남편이라고 생각했다. 동거 4개월 무렵 시댁 식구들이 다 몰려와 끝장을 내고 헤어지라며 소리쳤다. 그때 나는 고개를 숙이고 울면서 "오빠랑 살 거예요. 오빠랑 같이 살 거예요"라고 같은 말만 되풀이했다.

우여곡절 끝에 결혼식을 올렸다. 아이를 낳고 돌보며 그 삶에 젖어들었다. 그것만이 나의 세상이라고 여기게 됐다. 그러자 철저히 새로운 세계에 살고 싶었고, 가난했던 지난날로 두 번 다시 돌아가고 싶지 않았다.

한동안 노래를 부르지 않은 건 그 때문이었다. 어린 시절의 추억을 불러일으키는 이미자의 노래, 트로트, 유행가, 만담. 높고 높은 보광동 달동네 집에서 따라 부르던 시간. 가난했던 지난날.

그냥 그 모든 걸 인정했으면 좋았을걸. 추억으로 생각하고 아꼈으면 좋았을걸. 지난날의 기억을 다 비워버리고 살자니 문득문득 공허했다.

그런데 아이가 태어나고 다시 노래가 흘러나왔다. 아이가 잠든 후에도 나는 계속해서 모차르트와 슈베르트의 자장가,

김대현의 자장가에 〈섬집 아기〉까지, 새근거리는 아이의 숨소리를 들으며 노래를 불렀다. 교회에 다니고 나서는 자장가가 자연스럽게 찬송가로 바뀌었다. 아이를 통해 노래를 되찾은 후로 음악은 허전한 인생에 많은 위로가 되어주었다.

특히 클래식 음악을 많이 들었다. 피아노와 첼로 연주곡, 무반주 바이올린, 무반주 쳄발로 곡들을 좋아했다. 딸아이가 자라 피아노를 치기 시작할 무렵에는 라흐마니노프의 피아노 협주곡에 깊이 빠져들었다. 아이가 피아노를 잘 치려면 엄마인 내가 피아노를 좋아해야만 한다고 생각했고, 미치도록 클래식 음악에 집중했다. 내가 받지 못한 것이지만 아이들에게는 흘러넘쳤으면 했다. 엄마의 사랑, 관심, 열정적인 교육으로 무한한 기회를 열어주고 싶었다. 때문에 아이들에게 무언가를 가르치는 건 나를 훈련시키는 일이었다. 아이들이 남들보다 부족하지 않도록, 엄마의 무지로 인해 뒤처지지 않도록 내가 먼저 나서서 그것들을 이해하려고 했다. 아들에게는 바이올린을 가르쳤는데, 그래서 바흐의 무반주 바이올린 소나타와 파르티타를 한동안 계속 들었다. 집안일을 하는 동안에도 무의식적으로 들을 수 있도록 온 집 안에 볼륨을 크게 올렸다.

그러다 보니 쇼팽, 모차르트, 베토벤 등 클래식 공부에 빠졌다. 뮐러 시에다 곡을 붙인 슈베르트의 〈겨울 나그네〉 등 유난히 좋아하는 곡들은 차 안에 CD를 항상 갖고 다녔다. 〈겨울 나그네〉는 독일 곡이라 가사를 알아듣지 못하면서도 너무나 좋아했다. 30대에 요절한 시인과 작곡가의 작품을 들으며 안타깝고 황망한 마음에 더욱 사랑하며 들었다.

아이들을 키울 때 특히 톨스토이와 라흐마니노프의 작품에 심취했는데, 그들 삶의 공통점 때문이었다. 그들은 추운 사람들이었다. 하지만 그 혹한의 환경에서 따뜻한 열매를 맺은 사람들이었다. 추운 러시아, 극한의 날씨와 환경에서 자신이 좋아하는 것에 미쳐 가난과 온갖 고통을 초월하고 예술의 결실을 이루어낸 것이다. 언젠가는 나도 한번 내가 좋아하는 일에 몰두하고 미쳐보리라. 그것이 꼭 어떤 결실로 이어지지 않더라도 그 순간을 맛보는 것만으로도 행복할 것 같다.

돌이켜보면 그때 나는 많이 추웠다. 그래도 좋았던 건 아이들과 함께 성장할 수 있었다는 것이다. 아이들을 가르치면서 나 또한 많이 배웠다. 내가 다시 아이가 되어 하나부터 차근차근 배워나갔다. 그게 참 재미있었다. 알아가는 즐거움, 새로운 세상으로 나아가는 기쁨이 있었다.

물론 후회되는 것도 있다. 아이들에게 악기를 가르치면서도 즐기라고 하기보다 최고가 되라고 말했다. 최고를 만들기 위해 끊임없이 내 의견을 관철시켰다. 뭘 배우든 최상의 환경을 만들어주려고 애썼다. 어르고 달래고 다독이며 최고의 길로 가도록 독려했다.

아마 아이들의 삶에 나를 투영해서 그랬을 것이다. 이게 어떤 기회인데, 정희야 이번엔 놓치면 안 돼라는 외침이 내 마음 속에 울렸다. 그러나 서정희라는 아이는 이미 자라 엄마가 되어 있었고, 눈앞에 펼쳐진 가능성 있는 삶은 아이들의 것이었다.

아이들에게 지독하게 신경을 많이 썼다. 뭘 배우는 것뿐 아니라 착하고 바른 심성을 가졌으면 했다. 언젠가는 애들 아빠와 처음 함께 살던 동네에 애들을 데려갔었다. 아이들에게 엄마 아빠의 시작이 화려하지 않았다는 걸 가르치고 싶었다. 교만하지 말라고, 지금 우리가 부족함 없이 사는 건 아빠의 노력이 있어서라고 알려주고 싶었다.

또 집 안팎에서도 예의범절을 중요하게 여겼다. 아빠가 알려진 사람이다 보니 그런 것도 있었지만 이왕이면 우리 딸과 아들이 좋은 사람으로 자라길 바랐다. 그래서 다른 사람을 더 배려하도록 가르쳤다. 집에서도 장난감을 가지고 놀면 제자리에 바로 가져다 놓게 했다. 깨끗하게 치우는 걸 좋아해 내가 먼저 솔선수범을 보이니 아이들은 그게 당연한 건 줄 알았다. 그런 행동들이 몸에 배어서 어딜 가도 아이들 때문에 부끄러울 일은 없었다.

언젠가 남편과 함께 일하던 PD의 집에 초대받아 갔었다. 아이들도 같은 또래여서 가족들이 모두 모여 즐거운 시간을 가졌다. 어른들은 어른들의 대화를 하고 아이들은 아이들끼리 신이 나서 놀았다. 집으로 돌아갈 때 아이들 방을 본 안주인이 깜짝 놀라며 말했던 게 기억난다. 이렇게 장난감을 스스로 깨끗이 정리한 아이들을 처음 봤다고 했다. 그때 참 기뻤다. 내가 잘 키우고 있구나, 우리 아이들 참 예쁘구나. 고맙다, 얘들아. 그날 밤 집으로 돌아와 깨끗이 씻겨 잠옷으로 갈아 입히고 뽀뽀를 한없이 퍼부었다. 사랑스러운 아이들은 우리가 잘 살아가고 있다는 증거였다.

아이들에게 열중하다 보니 좀 피곤하게 굴었던 것도 사실이다. 여기서 내 교육의 실수가 나타난다. 나중에 생각하니 그게 아이들을 위하는 게 아니었다. 이제야 하는 말이지만 극성스러운 면이 없지 않았다.

아이들이 레슨을 받을 때도 하나부터 열까지 신경을 썼다. 선생님이 오시기 전에 꼭 샤워를 시키고 베이비 파우더를 발라주었다. 좋은 향기로 호감을 살 수 있도록 단정하고 깔끔하게 준비시켰다. 이도 꼭 닦게 했다. 입술에 바셀린까지 발라

주고 "엄마한테 아~ 해봐" 하면 아이들은 종종걸음으로 와서 내 얼굴을 붙잡고 입을 크게 벌려 "하아~" 했다. "됐다, 좋은 냄새 나네."

아이들 준비뿐 아니라 선생님 간식도 늘 체크했다. 한 달 간격으로 간식 목록을 만들어서 메뉴가 겹치지 않도록 했다. 레슨비도 미리 준비한 빳빳한 신권을 봉투에 넣고 리본을 묶어 정성스럽게 전달했다.

또 아이들이 어떤 것에 반응을 보이면 늘 그것에 대해 피드백을 했다. 하다못해 일기에 그림을 그려주거나 하루 일과 아래 코멘트를 써주면서 아이들과 소통하려고 했다. 그게 습관이 되어서인지 아이들이 다 자란 후에도 서로에게 간단한 메모를 남기는 게 어색하지 않은 사이가 됐다.

내가 할 수 있는 최선을 다했다. 그러나 만약 다시 아이들을 키우라고 하면 그렇게 하지 않을 것이다. 나는 너무 조급했다. 조금 더 느긋한 마음으로 아이 입장에서 생각해야 했는데 그게 부족했다. 어떻게든 해내야 한다는 마음이 앞섰다. 동주가 피아노를 배울 때는 간혹 몸이 아파 쉬고 싶어 하는데도 나는 죽을 먹이고 마사지를 해주면서 기어코 피아노 앞에 앉혔다. 그게 사랑이라고 생각했다. 사랑하니까 내버려두지 않기 위해 아이의 미래를 위해 애쓰는 것이라고 생각했다.

요즘 대학교 강단에서 학생들을 가르치면서 느낀다. 진짜 사랑은 상대의 입장에서 생각해야 한다는 걸. 아이가 아프다고 하면 '힘들구나. 그래, 오늘은 좀 쉬자'라고 말했어야 했다. 절대 개근, 그런 건 필요하지 않았다. 아픈 아이에게 엄마가 울며 매달리면서까지 학교에 가게 할 이유는 없었다. 추우면 더운물로, 더우면 찬물로 매 순간 아이들을 독려하며 최선으로 돌봤지만, 그건 단지 내가 하고 싶어서였다. 어쩌면 아이들은 더우면 더운 대로, 추우면 추운 대로 가끔은 몸과 마음을 마냥 풀어헤치고 싶었을 것이다. 그런데 나는 먹는 것이든 입는 것이든 지나치게 챙기는 바람에 아이들에게 틈을 주지 못했다.

아이들의 입장을 고려하지 않은 일방적인 사랑이었던 셈이다. 혼자 살기 시작하면서 이런 것들에 대해 종종 생각한다. 다시 아이들을 키운다면 무조건 설득하지 않고 아이들의 마음을 좀 더 헤아렸을 텐데. 친정 식구들은 다 미국에 있고 아무도 가르쳐줄 사람이 없었던 그때. 어디 물을 데도 없고 내 방식이 옳다고 믿었다. 아이들을 위한 게 아니라 나를 위한 교육이었다. 가난한 형편에 마음껏 배우지 못한 한을 아이들에게 풀었던 것은 아닌지 모르겠다. 남편의 일방적인 태도에 힘들어하던 나였는데, 그런 나 역시 아이들에게 일방통행을 강요했던 것이 참 미안하다.

어쨌든 그 시절 한결같이 일방적인 남편의 태도에 마음이 추워서인지 추운 나라 예술가들이나 추운 환경에서 탄생한 작품들을 보면 자연스럽게 마음이 끌렸다. 그들의 음악을 들으며 춥다, 외롭다, 허허롭다, 이런 단어들을 늘어놓고 나도 이 추위를 이겨낼 거야, 다짐하기도 했다.

갈피를 잡을 수 없었던 나의 열정들은 그렇게 뿜어져 나왔다. 보고, 듣고, 느끼고, 생각하고, 그리고 그런 모든 것이 나의 결혼생활을 견딜 수 있는 힘이 되어주었다. 이렇게 다양한 것들이 몰입의 황홀을 선물해주었다.

나는 무언가 하나에 집중하면 다른 것을 동시에 할 수 없는 사람이다. 균형이 깨질 정도로 한 가지에 집중한다. 집중은 대부분의 일에 긍정적으로 발현되지만 나에게는 부정적인 면도 있었다. 가끔 너무 집중해서 오히려 모든 생활이 마비되어버리기도 했다. 이삿짐을 싸도 며칠 밤잠을 자지 않고 싼다거나, 어떤 것에 꽂히면 탈진이 와서 일어나지 못할 때까지 몰입하곤 했다. 오늘인지 내일인지 모를 정도였다. 아이들을 키울 때는 아이들에게, 남편을 보필할 때는 남편에게 그랬다. 지금은 나에게 집중하고 있다.

그 시절 나는 어디에든 나를 쏟아내야만 했다. 육아와 신앙에 오랜 시간 몰입했던 것은 오갈 데 없는 마음을 기댈 수 있는 유일한 피난처였기 때문이다.

요즘은 많이 달라졌다. 콧노래를 흥얼거리고, 철 지난 유행가가 떠올라 스마트폰으로 가사를 확인하기도 한다. 그러다 갑자기 어떤 곡이 귓가에 맴돌면 가사를 다 외워버린다. 노래의 주인인 가수처럼 잘 부를 수는 없지만 가사를 외우는 건 얼마든지 할 수 있으니 하루 날 잡고 외운다. 신나게 노래하고 외운 곡을 녹음하고 혼자 그걸 들으며 깔깔대다 보면 어느새 기분이 좋아진다. 음악은 또 이렇게 나를 위로하고 있다.

°

그의 또 다른 모습

음악이 살면서 나에게 위로가 됐다면 담배는 그야말로 악연이었다.

그와 살기 시작하면서 가장 견디기 힘들었던 것이 담배였다. 휩쓸리듯 시작된 인생에 대한 당황스러움은 어느 정도 진정이 됐지만 담배만큼은 여전히 참을 수 없었다. 아이들도 나와 같았다. 아빠에게서 나는 담배 냄새를 무척 싫어했다. 그래서인지 아이들은 성인이 되어서도 담배를 하지 않는다. 지금도 난 금연 마크를 참 좋아한다. 디자인 문구를 파는 가게에서 금연 스티커를 발견하면 꼭 사서 이곳저곳에 붙여둔다. 화장실이든 현관이든 담배 없는 장소에서 살고 싶은 욕구가 만든 버릇이다.

그는 늘 담배에 절어 있었다. 32년 내내 담배 연기는 소리

없이 맴돌며 우리 부부 사이를 조금씩 떨어뜨렸다. 나는 담배 냄새에 유난히 민감한 사람이다. 담배 냄새가 나는 장소에 가면 구역질이 나오고, 심한 경우 그 자리에서 구토를 하기도 한다. 체질적으로 견디지 못하기도 하거니와 그가 달고 살던 담배 때문에 일종의 노이로제가 생긴 것도 같다.

함께 사는 사람에게서 늘 담배 냄새가 난다는 건 무척 괴로운 일이었다. 나중에는 함께 외출하는 것조차 꺼렸는데 그 또한 담배 냄새 때문이었다. 각자의 차를 이용하게 된 후로는 담배 냄새에 전 그의 차를 타는 게 죽기보다 싫었다.

"제발 담배 좀 끊어요. 네? 제발, 제바알!"

"말 같지도 않은 소리 하네. 당신이 뭔데 하라 마라야."

그는 나의 부탁을 손쉽게 거절했다. 조금의 고민도, 배려도 없었다.

"아이가 태어났으니 이제 건강에 해로운 담배는 끊어요, 좀."

"밖에서 일하는 것도 힘든데, 내가 이런 것까지 내 맘대로 못 해?"

애원도 통하지 않았다.

"그 냄새 정말 괴로워요. 제발, 제발 부탁이니까 담배 좀 끊으라고요. 당신 건강도 생각해요."

"간섭하지 마. 적당히 하라고!"

통사정은 묵살됐다.

32년간 끄떡도 하지 않았다. 금연에 대한 어떤 시도도 노력도 없었다. 심하게 잔소리를 하면 담배를 끊은 것처럼 속이려 들었다.

"아무래도 냄새가 나는데, 당신 담배 끊은 거 맞아요?"

"끊었다는데 왜 지랄이야!"

담배, 담배가 내 증오의 시작은 아니었을까? 소름 끼치게 싫은 담배. 담배는 그의 또 다른 모습이었다. 그래서 더 악착같이 거부했는지도 모르겠다. 나는 정말이지 담배 가 싫어 그를 멀리하기 시작했다. 피할 수 있으면 피하고 싶었다.

"내일 동주 콩쿠르가 있어서 일찍 자야 해요."

"애들 시험공부 봐줘야 하니까 먼저 잘게요."

"내일 애들 입시가 있어요."

이런 나의 말들은 결국 그에게 늦게 들어와도 된다는 허락이 되었다. 덕분에 그는 자유를 얻었다. 나중에는 새벽 1시가 넘어서야 들어오는 습관이 오히려 나를 편하게 했다. 그렇게 조금씩 사이가 벌어졌다. 작은 틈에 바람이 불기 시작하더니 금세 태풍이 몰아쳤다.

그는 내 앞에서 쉽게 거짓말하고 걸핏하면 나를 무시하고 모욕했다. 그런 그가 잠든 모습을 보면서 그에게 망신을 주는 상상을 하기도 했다. 어떤 때는 머리통을 날리고 싶을 만큼 미웠다.

그나마 교회가 나에게 위로와 안식이 됐다. 고통스럽고 괴로운 상상에 빠져들면 기도를 하면서 겨우 마음을 추슬렀다. 그러나 담배를 끊지 못하는 그의 모습을 보면 나는 또 절망했다. 씻어도 씻어도 손끝까지 배어 나오는 역한 담배 냄새. 씻을 수 없는 나의 선택 같아 견디기 힘들었다.

이사를 가면 우리 집 비상계단 앞에는 꼭 금연 경고문이 붙었다. 콕 집어 말하진 않았지만 당사자인 나는 창피해서 고개를 들 수 없었다. 가끔 우리 집 옆 비상계단에서 꽁초가 가득한 페트병을 가져와 분리수거를 할 때면 구역질이 올라오고 울화가 치밀었다. 아직도 빈 페트병을 보면 역한 냄새가 올라오는 느낌이 든다.

믹스 커피를 마시고 담배에 찌든 입으로 나에게 말을 걸 때면 속으로 그를 한껏 경멸했다. 나의 순종적인 모습 뒤에는 이렇듯 이를 갈며 참는 또 다른 내가 늘 존재했다. 체념 뒤에 오는 상실감에 지쳐갔고, 신앙의 힘으로 이기고 일어서려고 애썼지만 한번 벌어진 틈은 좀처럼 좁혀지지 않았다. 한편으로 남편이 밖으로 돌게 된 원인 제공을 내가 했다는 생각을

'간혹' 하곤 했다. 그러나 나는 필사적으로 담배를, 아니 담배 피우는 그를 거부할 수밖에 없었고, 그는 잔인하리만치 나의 부탁을 들어주지 않았다.

。

너를 생각하는 것이 나의 일생이었지

지금 가르치고 있는 학생들에게 환경 탓 하지 말라는 말을 종종 한다. 환경과 상관없이 평소에 준비해두면 기회는 오게 되어 있다. 그 기회를 잡느냐 놓치느냐가 중요한 문제일 뿐. 그러니 숨 쉬듯 항상 깬 마음으로 주변의 모든 것을 받아들여야 한다.

작고 가녀렸던 내게 특이한 이력이 하나 있는데 바로 웅변 대회 입상 경력이다. 그때는 반공 포스터, 반공 글짓기, 반공 웅변대회 등 뭐든 반공이 유행이었다. 그중에서도 웅변은 목소리가 크고 씩씩한 친구들의 몫이었다. 맨 앞자리에 앉아 걸핏하면 빈혈로 쓰러지는 나 같은 아이와는 거리가 먼 재주였다.

하지만 나는 중학교 때부터 웅변대회에 나갔다. 어떻게 내가 웅변대회에 나가게 됐는지는 정확히 기억나지 않지만 상을 받고 기뻤던 것과 준비 과정은 선명하게 떠오른다. 웅변학원 한 번 안 다닌 내가 상을 탈 수 있었던 것은 다른 사람이 웅변하는 모습을 유심히 관찰해둔 덕분이다. 교내 웅변대회 예선에 미리 나온 친구들의 모습을 꼼꼼하게 살폈다. 어느 시점에서 팔을 들어 올리며 어필하는지, 어느 시점에서 호소력 있게 소리치는지, 하나도 빼놓지 않고 머릿속에 입력하고 돌아와 그대로 연습했다.

집안 형편 때문에 포기할 것이 많아서였는지 뭐든 배우고 잘하고 싶은 열정이 강했다. 지금도 뭘 하든 그대로 흉내 내는 걸 참 잘한다. 한 번 배우고 바로 골프를 치러 필드에 나갔을 때 일행들이 깜짝 놀란 적도 있다. 처음치고는 스윙 자세가 너무 정확하다는 이유였다. 모르고 하는 거라 겁이 없어 그렇다며 웃으며 말했지만, 사실 나는 앞사람들의 자세를 놓치지 않고 관찰했다. 팔의 각도는 어느 정도여야 하고, 스윙할 때 허리는 어떻게 움직여야 하는지, 다리 모양은 어떻게 해야 하는지 요샛말로 스캔을 끝낸 상태였다. 나중에 집에 돌아와서는 침대에 누워서 골프 채널을 보며 눈으로 레슨을 받았다. 가정생활을 꾸리면서도 똑같았다.

배움이 짧았기 때문에 지식에 대한 갈망이 컸다. 그 허기를 달래기 위해 뭐든 씹어 소화시켰다. 출발점이 다른 사람들보다 뒤처졌으니 열심히 뒤따라 달려야 했다. 좋은 레스토랑에 가서 음식을 먹으면 그냥 맛을 보고 끝내는 게 아니라 어떤 맛이 함께 어우러졌는지 알아내려고 애썼다. 뿐만 아니라 테이블 세팅도 나에게는 공부해야 할 대상이었다. 접시의 상표를 확인했고, 심지어 줄자를 들고 다니며 사이즈까지 쟀다. 음식을 먹기 전에 줄자를 꺼내 접시의 너비와 높이, 잔의 길이를 확인했다. 나중에 필요할 때 눈대중으로라도 금방 사이즈를 알아볼 수 있게 익혀두었다. 또, 예쁘게 꽂혀 있는 꽃을 보면 지나치지 않고 눈에 담았고, 책도 많이 읽었다. 한번 보면 잊지 않으려고 꾸준히 훈련을 했다.

신혼 생활이 한창일 때 남편과 함께 책을 읽는 것도 즐거움 중 하나였다. 워낙 바빠 책 읽을 시간이 없는 사람이었지만, 내가 읽은 책을 추천하면 나가는 길에 들고 나가곤 했다. 작은 신혼집 책장에 책을 가지런하게 꽂으면서 뿌듯했던 기억이 난다.

이처럼 음악 이외에 내게 큰 위안이 된 것은 독서였다. 그중에서도 시에 탐닉했다. 시인의 표현을 빌려서 나의 언어로 바꾸는 걸 좋아했다. 아이들 키우는 동안 시집을 참 많이 읽었다. 내가 먼저 읽고 아이들에게 읽어주곤 했다. 그렇게 내가 좋아하는 것들을 꼭 함께 공유했다. 정채봉 선생님의 〈너를 생각하는 것이 나의 일생이었지〉를 읽고는 그 시어들을 나의 언어로 바꾸어 잠든 아이들 옆에서 읊어주던 게 생각난다.

모래알 하나를 보고도
너를 생각했지
풀잎 하나를 보고도
너를 생각했지
너를 생각하게 하지 않는 것은
이 세상에 없어
너를 생각하는 것이
나의 일생이었지.

이 시를 만나고 두근거리는 마음으로 아이들 곁에 누워 말했다.
"종알종알 떠드는 너의 소리는 부드럽고 너의 얼굴은 너무 예쁘구나. 너는 너무 예쁘구나. 너의 솜털 너의 머리카락 너의 입술은 홍색 실처럼 예쁘구나. 너의 통통한 뺨은 석류같이 붉구나. 내가 낳은 너를 보며 내 마음을 빼앗기는구나. 너의 냄새는 너무 진해서 어떤 향보다 향기롭구나. 너를 보는 것이

너를 생각하는 것이 나의 일생이 되었구나."

시인의 힘을 빌렸지만 나만의 시를 읊조리는 그 순간이 참 행복했다.

책을 읽다가 마음을 울리는 구절을 만나면 밑줄을 긋고 따로 적어놓는다. 작가들이 쓴 문장을 읽고 또 읽고 소리 내 읊어본다. 그러다 보면 그 문장들은 내 것이 된다. 가끔 표절하는 사람들의 심리가 이해된다. 물론 표절이 옳다는 얘기는 아니다. 너무 좋아해서 그 문장 안에 그냥 들어가 버린 것이 아닐까?

그래서 나는 따라쟁이다. 얼마 전 영화 〈라라랜드〉를 봤다. 여러 가지 면에서 감정이입이 돼 눈물 콧물 다 흘리며 봤다. 오디션에 수없이 실패한 여주인공 미아가 마지막 오디션에 가지 않겠다고 했을 때의 마음을 알 것 같았다. 나 역시 이 책을 시작하기 전 다시는 대중 앞에 나설 수 없을 것 같았다. 마지막에 세바스찬이 지나간 일들을 떠올릴 때 나 또한 내 인생을 돌아보며 꺽꺽대고 울었다. 멋모르고 시작했지만 어느 때보다 찬란한 시간이 스쳐갔다. 남편도 꿈이 있었다. 늘 나에게 딱 두 개만 이루고 살고 싶다고 했다. 좋은 차를 타는 것과 좋은 영화를 만드는 것. 나는 꿈이 있는 남편이 좋았다. 그의 꿈을 실현 시켜주고 싶었다. 언제 잘릴지 모르는 라디오 DJ

월급과 밤업소에서 벌어오는 돈, 출연료들을 나는 알뜰히 챙겼다. 통장을 열 개에서 많게는 열다섯 개씩 만들어 차곡차곡 모았다. 하나는 남편의 차를 바꿔줄 통장, 하나는 집을 옮길 때 쓸 통장, 하나는 남편의 꿈인 영화에 필요할 때 내줄 통장. 많은 돈을 넣지는 못했지만 그가 벌어온 돈을 하나하나 나눠 모을 때마다 행복했다. 돌이켜 보니 꿈이 있는 사람과 산다는 건 꿈처럼 행복한 일이었다. 비록 내가 꾸는 꿈은 아니지만 그의 꿈이 곧 나의 꿈이었으니까.

그때로 돌아가면 나는 어떤 선택을 할까? 여러 번 질문했지만 답은 같았다. 아마 똑같은 선택을 할 것이다. 세바스찬이 미아를 위해 그랬듯, 나 또한 남편을 위해 남편의 꿈을 위해 열심히 지지하고 응원할 것이다. 그 순간 내가 생각하는 최선의 선택을 또 하게 될 것이다.

〈라라랜드〉를 보고 주인공 미아가 되어보고 싶었다. 꿈을 꾸던 미아가 그랬듯 언덕 위로 가고 싶었다. 도시가 내려다보이는 벤치에 앉아 두 다리를 움직이며 탭댄스를 추고 싶었다. 탭댄스는 따라 하지 못했지만, 영화를 본 다음 날 주차장에 내려가서 미아가 했던 것처럼 턱에 키를 대고 꾹꾹 눌러봤다.

이런 따라쟁이 습관은 창의력에 도움이 됐다. 흉내 내는 것에서 그치지 않고 내 식으로 풀어내면 나만의 특별한 것이 만들어진다. 인테리어만 해도 그렇다. 이것저것 따라 하며 내 취향에 맞추다 보니 나만의 시그니처 스타일이 생겼다.

　나는 오늘도 책을 읽으며 밑줄을 긋는다. 거리를 걷다가 멋진 간판이 보이면 놓치지 않고 사진을 찍고, 감명 깊은 영화를 두 번 세 번 본다. 처음 볼 때는 배우에만 집중하다가 두 번째는 주변 풍경까지 눈여겨보고, 그다음은 배경음악과 함께 더 깊이 빠져든다. 무엇 하나라도 놓치고 싶지 않다. 그것들 모두 잘 소화시켜 내 것으로 만들고 싶다. 앞으로 남은 생이 그런 좋은 것들을 받아들이고 생각하고 실천하는 시간이 되었으면 좋겠다.

해피엔딩을 꿈꿨던 시나리오는 폐기처분됐다.

결혼도 이혼도 뜻대로 되지 않았다.

그러나 괜찮다. 인생이란 정해놓은 대로 되는 게 아니라는 걸

깨달은 것만으로도 큰 수확이라고 생각한다.

쉰다섯이 되어서야 비로소 편안하게 호흡하는 법을 배웠다.

◦

나를 위한 향기

평생 손톱을 길러본 적이 없다. 일부러 그런 건 아니고 어른이 되면서 바로 엄마가 되다 보니 기를 시간이 없었다. 아이하고 계속 스킨십을 해야 하는데 손톱을 기르면 안 될 것 같았다. 목욕을 시켜야 하고 또 요리를 할 때 위생적으로도 좋지 않을 것 같아 늘 바짝 깎았다.

아이들이 어릴 때 수영을 가르치려고 수영장에 갔었다. 담당 선생님이 여자였는데 상담할 때 보니 손톱이 길고 매니큐어가 칠해져 있었다. 그 손톱을 본 순간 두말도 안 하고 핑계를 댔다. 우리 애가 물을 싫어하는데 억지로 나왔다고 거짓말을 했다. 미안했지만 그렇게 할 수밖에 없었다. 선생님의 실력은 문제가 되지 않았다. 무엇보다 아이들의 맨몸을 만지는 선생님의 화려한 손톱을 신뢰할 수 없었다. 그 정도로 나는 손톱에 대해 예민했다.

아이들이 조금 자라고 난 후에는 악기 때문에 못 길렀다. 내가 악기를 다루지는 않았다. 아이들이 피아노와 바이올린을 했다. 아이들이 연주를 하기 위해서는 늘 손톱을 깔끔히 다듬어야 했는데 내가 연습을 대신 해주진 못하지만 그런 사소한 것이라도 공유하고 싶었다.

아이들과 오랫동안 공유했던 것 중 하나는 향기다. 나는 손톱뿐 아니라 향기도 아이들과 같은 향이 났으면 했다. 지나치게 화려하고 강한 향으로 아이들과 거리를 두고 싶지 않았다. 아이들을 씻기는 비누로 내 몸을 씻고, 아이들에게 발라주는 로션을 나도 발랐다. 엄마의 향기가 거북하지 않고 자연스럽고 편안했으면 했다. 아이들이 엄마와 한 몸이라고 생각했으면 했다. 아이들이 자랄 때는 성인용 화장품을 쓴 적이 별로 없다. 담배를 태우는 아빠만 빼고 나와 아이들, 우리 셋은 늘 같은 향기가 났다.

편안하고 좋은 향기는 좀 더 쾌적한 집안 환경을 이루는 요소 중 하나였다. 나는 아름다운 공간의 마지막 터치는 '공간의 향기'라고 생각한다. 향기는 기분을 좋게 만들고 열정을 자극한다. 그래서 아로마테라피를 집에서 할 수 있도록 했다. 구수한 빵 냄새, 훅 하고 다가오는 달콤한 과일 향기, 그윽한 커피 향기 그리고 라벤더, 민트 등 아로마 향까지. 좋은 향기로 마음에 안식을 주고, 그리운 집으로 빨리 달려가고 싶은 향기가 집 안에 풍기도록 했다. 나중에는 천연 아로마 향을 블렌딩해 우리 가족만의 시그니처 향을 만들기도 했다. 가족의 향기를 간직하며 오래도록 가족과 함께 결속해서 살기를 바랐다.

가족을 위해 향을 만들면서 내가 한 가지 간과한 것이 있었다. 나를 위한 향을 만들지 않았다는 것이다. 아이들을 위해, 남편을 위해, 아이들이 안정감을 느끼도록, 남편이 스트레스를 풀 수 있도록 모든 주파수를 거기에 맞췄더니 정작 나를 위한 향기는 없었다.

형편이 좀 나아지면 좋은 향수를 하나 사고 싶다. 나만의 향을 가지고 싶다. 나 스스로 편안해지고 나의 마음을 치유해주는, 다른 사람에게도 기분 좋은 에너지를 줄 수 있는 향. 급할 것 없으니 천천히 나에게 어울리는 향수를 찾아봐야겠다.

○

예쁘게, 깨끗하게

"야, 얼른 상 들여라."

언니와 남동생이 부엌에서 외할머니가 차린 밥상을 들고 오면 나는 늘 찬그릇이며 찌개 냄비를 이리저리 바꿔놓았다. 노란 양은 냄비에 보글보글 김치찌개가 끓고 작은 그릇에 소박한 반찬들이 담겨 있는 밥상. 외할머니는 그것들을 그냥 손 닿는 대로 툭툭 올려놓았다. 나는 그게 늘 거슬렸다. 찌개를 가운데 놓고 그 주변으로 동그랗게 반찬을 놓으면 보기 좋을 텐데. 냄비 받침을 이렇게 큰 걸 쓰지 말고 좀 작은 걸로 안 보이게 하지. 개인 그릇도 하나씩 주면 좋겠는데. 찌개를 덜지 않고 퍼먹는 건 정말 싫어. 이런 생각을 하며 가끔 실천에 옮기면 어김없이 외할머니의 잔소리가 쏟아졌다.

"염병하네, 잘 먹지도 않는 게 별 타박을 다 한다. 얼른 밥이나 먹어."

외할머니가 나를 별로 안 예뻐한 이유를 생각하면 단순히 밥 안 먹는 걸로 속 썩여서는 아닌 것 같다. 없는 살림에 노쇠한 몸으로 손주들 돌보기도 힘든데 예쁘게 깨끗하게 하라고 잔소리하는 시어머니가 하나 있으니 외할머니 입장에서는 화가 날 만도 했다. 게다가 내 잔소리는 외할머니 못지않았다.

쇼트닝이라고 부르던 돼지기름을 한 스푼 듬뿍 넣어 끓인 외할머니의 김치찌개에는 늘 기름이 둥둥 떠 있었다. 나는 외할머니가 간을 보느라 입으로 쭉 빤 숟가락을 찌개에 넣었다 뺐다 하는 걸 참을 수 없었다. 또 외할머니는 반찬이 담긴 그릇 가장자리를 엄지손가락으로 쓱 훑고 양념이 묻은 그 손가락을 쪽 빨곤 했는데 그것도 정말 싫었다. 그게 싫어서 밥을 더 안 먹었다.

"할머니, 그러지 마! 더러워. 그렇게 하지 말라고!"

그러면 외할머니는 더 크게 고함을 쳤다.

"나가, 이년아. 힘들게 차려줬더니 고맙다는 말은 안 하고. 넌 먹지 마. 너 같은 건 안 먹어도 돼!"

내가 군말 없이 잘 먹었던 건 엄마가 미군 부대에서 가져온 '장교 버터' 두 알에 간장을 넣어 비빈 버터밥이나, 날계란에 간장을 넣어 비빈 계란밥이었다. 외할머니의 숟가락이나 손가락이 닿지 않았기 때문이다.

결혼을 하고 내 살림을 하면서 나는 매 끼니 내 마음에 들게 상을 차렸다. 손님을 초대해도 마찬가지. 모든 것을 완벽하게 세팅했다. 금호동에서 살림을 조금 늘려 이사 갔던 집이 청담동 복도식 작은 아파트였다. 지금이나 청담동이지 그때만 해도 그렇게 화려한 동네가 아니었다. 18평 작은 아파트. 나는 그곳이 나만의 궁전이라고 생각하고 열심히 가꿨다. 남편을 왕처럼 대하면 내가 왕비가 된다. 하루에도 열두 번 주문을 외면서 즐겁게 집을 꾸몄다. 1980년대 초반이었던 그때 가정집은 주로 커튼을 이용했는데, 수소문해서 창문을 통 유리로 바꾸고 블라인드를 달았다. 새벽까지 일하고 돌아와 낮밤이 바뀐 남편이 조금이라도 편하게 쉴 수 있도록 하기 위해서였다. 이국적인 느낌은 덤이었다. 차르르, 블라인드를 내려 가리면 대낮에도 빛이 가려졌다. 그 안에서 남편이 편히 잠들면 살금살금 걸어 조용히 집안일을 했다. 할머니의 성의 없는 살림에서 벗어난 나는 나만의 세상이 그저 좋았다.

아마 남편의 생일날이었을 것이다. 라디오 스탭들을 집으로 초대했다. 알뜰히 모은 돈으로 남편을 졸라 산 오븐이 제대로 제 몫을 했다. 고생하는 남편에게 조금이라도 다른 음식을 해서 먹이고 싶어 장만한 오븐이었다. 1980년대 초반이었으니 식재료가 화려하진 않았지만 그래도 나름 신경 써서 요리를 했다.

닭다리를 오븐에 굽고 사람들이 쥐고 먹기 좋도록 마지막을 쿠킹 호일로 말아 리본을 묶어 냈다. 여러 음식을 했는데 전부 이런 식으로 간편하면서 먹기 좋게 정갈하게 정리해 차렸다. 우리 할머니와는 전혀 다른 스타일. 어린 마음에 손님들이 탄성을 지르며 맛있게 먹는 모습을 보고 조금 으쓱해지기도 했다. 옆에 할머니가 계시다면 "거봐 보기 좋은 게 먹기도 좋고 사람들 기분도 좋고 얼마나 좋아"라고 했을 텐데. 그러면 우리 할머니는 또 "지랄한다, 염병하네" 하셨을까? 그러나 이혼 후에는 집에 누군가를 불러 밥을 해 먹는 걸 일절 하지 않았다.

그 이후에도 우리 집에는 사람들이 참 많이 왔다. 그런데 이상하게도 내가 잘하면 잘할수록 손님들이 오히려 불편해했다. 18평 작은 아파트에서 손님상을 준비하던 것과 같은 마음으로 했는데, 날이 가면 갈수록 이상하게 좋은 소리를 듣지 못했다. 사람들은 내가 차린 상에서 함께 식사하면 '숨이 콱 막혀서' 또는 '기가 죽어서' 편하게 먹을 수가 없다고 했다. 어떤 이는 내게 기죽이는 재주가 있는 것 같다고 했다. 최고의 재료와 최고의 세팅으로 손님을 맞았지만 늘 어딘지 서늘한 느낌이 있었다. 그래도 식사 후 배웅할 때면 손수 만든 카드에 정성껏 쓴 기도문을 담아 전하며 마지막까지 최선을 다했다.

준비하는 내내 어깻죽지가 쑤시고 손이 떨려도 나의 온 마음을 담으려고 노력했다. 잠을 줄여 메뉴를 짜고, 꽃시장에 가서 싱싱한 꽃을 사 오고, 정성껏 요리해서 세팅하고, 천사들을 맞이하는 마음으로 접대했지만 반응은 초대하지 않은 것만 못했다. 누군가는 그냥 식구들끼리 먹던 대로 집에 있는 반찬 꺼내어 대접했다면 소화가 더 잘 되었을 거라고도 했다.

그런데 내가 그렇게 대충 차려서 초대했다면 정말 칭찬을 받았을까? 묻고 싶지만 이미 답은 나와 있다. 아마 어떻게 하든 좋은 소리는 듣지 못했을 것이다.

그 사람도 마찬가지였다. 손님을 불러 아내가 음식을 잘한다고, 집을 잘 꾸민다고 자랑하기를 좋아했다. 사람들 앞에서 나를 하인 부리듯 하며 극진히 대우받는 자신의 모습을 뽐냈다. 밥 한 끼 대접받고 자식 자랑, 골프채 자랑, 집 자랑에서부터 비싼 옷 자랑, 럭셔리하게 키운 몰티즈 강아지 자랑까지 다 듣고 가려면 몇 시간씩 걸린다. 어떻게든 무마해보려고 내가 끼어들어 묵상 노트를 보여주고 신앙생활 이야기를 하면 사람들은 예수까지 자랑한다고 뒤에서 혀를 찼다. 불편한 식사를 마치고 늘 이건 아닌데 하면서도 나는 그걸 다 맞춰줬다. 입이 열 개라도 할 말이 없다.

나 또한 늘 지나쳤다. 지나치게 행동하고 지나치게 살림하고 지나치게 보여주려고 했다. 사는 모습을 은근히 자랑하고 나의 행동을 칭찬받으려고 애썼다. 방송에 나갈 일이 있으면 자랑할 만한 온갖 것을 총동원했다.

사실 그것은 남에게 보여주기 위한 것이라기보다는 나를 설득하기 위한 도구였다. 내 선택이 틀리지 않았다는 걸 나 자신에게 납득시키는 하나의 방편이었다. 어떻게든 남편을 높여야 내가 높아지는 거라고 생각했다. 내가 선택한 사람이 거칠고 몰상식하고 자기만 아는 이기적인 사람이라는 걸 인정하고 싶지 않았다. 부부로 사는 이상 그는 나이고, 내가 그였다.

그래서 나는 더 열심히 살아야 했다. 내가 한 말에 책임지며 살아야 했기에 더 치열하게, 더 자주 나를 채찍질했다. 내가 설정해놓은 서정희의 삶에 내 생각과 행동을 하나하나 맞췄다. 새벽에 일어나고, 매일 청소하고 빨래하고, 남편을 극진히 대접하고, 아이들 교육에도 모든 것을 쏟아부었다. 나중에 아이들에게 '엄마, 그동안 뭐 했어?', '결과가 이게 뭐야?'

라는 소리를 듣지 않기 위해, 잘못된 선택을 옳은 결과로 만
들기 위해 악착같이 하루하루를 살아냈다. 나의 시나리오가
해피엔드로 끝나게 하려고 모질고 끈덕지게.

이제야 나는 숨을 쉰다

그런 내 모습이 다른 사람들 눈에는 너무 지나치게 보이고 그 래서 부담스러웠는지 모른다. 한발 떨어져 그때의 삶을 돌이 켜보니 어지간히 거슬렸겠다 싶다. 배우지 못한 나를 감추고 축복받지 못한 결혼을 무마하는 데 급급해서 사람들과 제대 로 소통하는 게 뭔지도 몰랐던 것 같다.

엘리베이터 사건 이후 집을 나와 친척 댁 자그만 골방에서 생활하다가 여덟 평 오피스텔을 얻어 따로 지내기 시작했다. 월세에서 월세 그리고 또 월세로 외곽의 아파트를 얻어 또 일 년간 지냈다. 그 공간에서 때로는 억울해 미칠 것처럼 몸부림 치며 내 처지를 비관했다. 이대로 영영 내 삶은 끝나는 건가, 절망하고 또 절망했다.

그렇게 절망에 지쳐갈 무렵 나 스스로 일어설 앞날의 희망을 발견하기 시작했다. 그제야 나는 불어오는 바람을, 코끝을 스치는 계절의 향기를 있는 그대로 느끼기 시작했다. 더하거나 부풀리지 않은 그대로의 것들이 주는 싱그러움을 만끽하게 됐다. 어느덧 비정상적으로 기울어졌던 마음도 조금씩 제자리를 찾아갔다. 다시 도전해볼 용기가 생겼다.

여전히 여러 가지로 힘들지만 비로소 '숨'이 쉬어진다. 내 몸과 마음에 더 이상 아무 결박도 없다는 자유로움이 이렇게 좋은 것인가. 이전까지 나는 끝없이 바벨탑을 쌓고 있었다. 나의 왕국을 만들었다. 성공을 위해, 자식을 위해, 건강을 위해, 행복을 위해 오로지 나의 만족을 위해 애썼던 시간이었다. 그러나 그 모든 것은 한순간에 연기처럼 사라져버렸다.

나는 원래 내 몸이 그런 줄만 알았다. 늘 숨이 잘 안 쉬어지고 답답해서 폐나 심장이 쪼그라든 줄 알았다. 그런데 어느 날 너무나 편안하게 숨을 쉬고 있는 나를 깨달았다. 가슴을 조이던 만성 통증이 없어졌다. 내 심장과 폐도 원래는 이렇게 제대로 기능할 수 있었던 것이다.

이혼하기 몇 년 전부터 구심이라는 약을 수시로 먹었다. 내가 가슴이 답답하고 숨을 못 쉬겠다고 하니 남편이 구해온 것이었다. 구심을 시작으로 나중에는 남편이 지어놨던 약을 나눠 먹기 시작했다. 병원에 갈 생각은 않고 남편이 먹으라는 약을 먹으며 버텼다. 미련한 짓이었다.

결혼생활 내내 아파트 복도에서 구둣발 소리만 나도 식은 땀이 났다. 지금은 심장이 오그라드는 긴장이 없어서 숨통이 트인다. 결혼생활을 하면서 나는 전화기를 손에서 놓지 못하고 살았다. 전화벨 소리를 놓쳐 받지 못할까 봐 두려웠다. 지금은 두 손이 자유로워 좋다. 피난처였던 욕실에 가서나 편히 쉬었던 숨을 지금은 마음껏 쉬며 지내고 있다.

그와 함께 살 때는 커다란 구둣발에 밟혀 상처가 나고 고통스러우면서도 남들 앞에서는 멀쩡한 척했다. 이제 아프면 아프다고 말할 수 있다. 언제든 지나칠 필요 없이 내 모습 그대로 내가 가진 만큼만 보여줄 수 있어서 편안하다.

해피엔딩을 꿈꿨던 시나리오는 폐기처분됐다. 결혼도 이혼도 뜻대로 되지 않았다. 그러나 괜찮다. 인생이란 정해놓은 대로 되는 게 아니라는 걸 깨달은 것만으로도 큰 수확이라고 생각한다. 쉰다섯이 되어서야 비로소 편안하게 호흡하는 법을 배웠다.

。

요리 DNA 부활

이혼 후 나를 찾아온 사람들에게 식사 대접을 하지 않은 건 또다시 같은 실수를 하게 될까 하는 우려 때문이었다. 이래도 저래도 욕먹는 게 싫기도 했고, 초라하게 혼자가 된 내 모습을 적나라하게 보여주는 것도 싫었다. 이 또한 일종의 트라우마가 아니었나 생각한다. 요리하는 것도 이전의 나로 돌아가게 될까 봐 일부러 안 하고 할 줄 모르는 척했다. 조금 더 솔직하자면 부엌이 싫었다. 내가 다시 돈을 벌어서 예전처럼 고급스러운 집에 살게 될지는 미지수지만 그렇게 살게 되더라도 부엌을 늘릴 생각은 전혀 없다. 예전에는 대부분의 생활을 주방에서 했는데 지금은 그게 싫다. 질리게 했으니 그만하고 싶다.

살림할 때는 아이들 이유식도 좋은 재료를 구해다 방앗간에서 갈아와 따뜻하게 개어 먹었다. 멸치, 김, 메주콩을 아이들이 먹기 편하게 갈아서 떨어지지 않게 넣어두었다. 완두콩, 강낭콩 등 콩 종류도 삶아서 얼려뒀다. 공기에 밥을 뜰 때 예쁘게 데코레이팅하기 위해서였다. 언제나 신선한 제철 재료를 사다가 그때 그때 먹을 수 있는 밑반찬을 차곡차곡 정리해뒀다. 나물들은 종류별로 삶아서 한 번 먹을 만큼씩 지퍼백에 물과 함께 담아 얼려서 보관했다. 멸치는 한 상자를 사면 나중에 볶거나 국물을 낼 수 있도록 하루 종일 앉아서 똥을 따고 정리했다. 소분해서 정리한 식재료들은 먼저 쓸 것과 나중에 쓸 것을 구분하기 위해 날짜를 적어놓았다. 생선도 아가미와 지느러미를 손질해서 한두 마리씩 따로 보관하고, 고기도 부위별로 갈무리해뒀다. 불시에 손님이 오더라도 손쉽게 요리할 수 있도록 빈틈없이 정리했다. 그렇게 해놓고 가끔은 자랑하기 위해서 불시에 손님이 왔으면 하고 기도한 적도 있었다.

하지만 사건을 겪은 후 그런 습관을 꾹꾹 눌러놓았다. 또 같은 실수를 하게 될까 두려웠었다.

그런데 얼마 전 오랜만에 손님을 위해 요리를 하게 됐다. 친분 있는 장로님 부부가 방문했다. 그날도 당연히 간단한 다과를 마치고 집 근처 식당으로 모실 생각이었다. 이런저런 얘기를 하다 식사 시간이 됐는데 장로님 몸 상태가 안 좋아서 도저히 밖에 나갈 상황이 아니었다. 이걸 어쩌나 당황했지만 나는 이내 마음먹고 식사 준비를 하기로 했다.

냉장고에는 전날 사다 놓은 스테이크용 고기가 있었다. 나는 육식을 워낙 좋아해 일주일에 두세 번 장을 볼 때마다 고기를 빼놓지 않는다. 냉동실에 오래 보관하는 것보다 신선한 게 좋아 자주 장을 본다. 마침 미리 사다 놓은 고기와 방울토마토, 시금치, 아스파라거스 등 스테이크와 어울릴 만한 채소들이 있었다. 사실 지금 사는 동네로 이사 오기 전에는 장을 보는 것도 잘 못했다. 집 밖에 나가는 것 자체가 용기고 큰 결심이었다. 마음도 안정이 안 됐는데 길도 낯설고 풍경도 낯설어 병원에 가는 일 아니면 웬만하면 집에 있었다.

익숙한 동네로 이사 오니 그런 것들이 장애가 되지 않았다. 여전히 마음이 무겁고 힘들 때가 있지만 늘 다니던 곳이고 눈에 익어서인지 이삼 일에 한 번 편안한 마음으로 장을 보러 간다. 건강이 더 좋아진 건 이런 작은 것에 안정을 찾아서이기도 하고, 매일 신선한 음식을 먹어서이기도 할 것이다.

사건이 나고 미국에 있는 딸네 동네에 갔을 때 교회 지인의 집에 잠시 머무른 적이 있었다. 정신이 피폐해진 나는 아이처럼 자극적인 것이 당겼다. 늘 신선한 음식만 드시던 지인이 나와 함께 지내며 어쩔 수 없이 햄버거에 프렌치프라이 같은 정크푸드를 삼시 세 끼 드시더니 며칠 만에 두드러기가 났다. 그분은 언니 같은 심정으로 충고를 해줬다. 그러나 심신이 지친 나는 당장 맛있으면 그만이었다.

그즈음 나는 카페에 가면 아메리카노 톨 사이즈에 설탕 여섯 봉지를 털어 넣었다. 젓지도 않고 그대로 빨대를 꽂아 녹지 않은 설탕을 빨아 먹었다. 쓴맛과 단맛이 동시에 느껴지는 게 좋았다. 무조건 여섯 봉지, 그 모습을 본 날이었다. 그분은 단호하게 말했다.

"정희 씨, 몸에 좋은 음식을 먹어요. 음식이 그 사람을 설명해주는 거야. 정크푸드만 먹으면 정크푸드 같은 삶을 살게 돼요. 자극적이기만 하고 실속은 없는. 좋은 거 먹어. 과일도 좀 먹고."

아무리 얘기해도 나는 그 앞에서만 "예, 그럴게요" 하고 또다시 정크푸드를 찾았다. 실패한 인생이라고 생각했다. 당시 궁지에 몰렸던 나는 앞으로 내 몸이 어떻게 되든 상관없었다. 당장 맛있으면 그만이었다. 그러나 이제는 간절히 건강을 원한다. 건강이 정말 중요하다는 걸 혼자 살면서 알게 됐다. 건강해야 어떤 일이라도 할 수 있다는 걸 뼈저리게 깨달았다.

내 체구가 조그마하니 몸에 좋은 음식만 조금씩 먹을 것 같지만, 이처럼 난 정크푸드와 백설탕 마니아였다. 이혼 절차가 마무리될 때까지 주머니에 스틱으로 된 백설탕을 한가득 넣고 다녔다. 자극적이고 달디단 음식으로 불안하고 허한 마음을 달랬던 것 같다. 그러나 점차 안정을 찾으면서 예전처럼 그런 음식에 집착하지 않는다. 정크푸드를 끊기 위해 기도도 열심히 했다. 마음을 먹고 나서 바로 콜라를 끊었고, 인스턴트 음식, 베이컨, 스팸, 크리스피 도넛, 하겐다즈 모두 끊었다. 지금은 한 달에 한두 번 정도 먹는다. 그리고 조금 더 발전해 집에서 밥을 해 먹기 시작했고, 또 그렇게 손님 접대를 할 용기까지 생겼다.

"몸이 조금 안 좋아서, 집에서 간단히 먹을 수 있을까요?"

손님이 뱉은 그 한마디에 멈췄던 욕구가 깨어나는 듯했다. 갑자기 분주해졌다. 예정에 없던 일에 당황해서 식은땀이 나는 게 아니라 머릿속에 즐거운 불꽃이 터졌다. 우선 고기가 조금 모자라는 것 같아 얼른 나가 도톰하게 썬 떡심이 있는 등심을 사 왔다. 후다닥 채소들을 씻고 다듬고 재료별로 썰어서 가지런히 정리했다. 어른들이라 느끼할 수 있으니 한식 반찬도 챙겼다. 또 다이어트 중인 손님을 배려해 밥은 빼고 고기와 채소만 내기로 했다.

프라이팬과 냄비를 꺼내 불을 켰다. 정말 오랜만에 내가 아닌 다른 사람을 위한 식사 준비로 가스레인지를 켰다.

먼저 애피타이저. 부식 창고에 빼놓지 않고 넣어놓는 치킨 스톡을 크램차우더 수프 원액에 넣고 우유를 부어 농도를 조절해 홈메이드 수프를 만들었다. 수프 안에는 고구마 굽는 팬에 식빵을 태우듯 구워 만든 크루통을 넣었다. 엄마가 만들어 냉동해놓은 호박죽도 꺼내 수프와 함께 따끈하게 데워 담아냈다.

원래 나는 손님 접대를 할 때 함께 앉아서 식사하지 않는다. 그 순간만큼은 내 부엌의 셰프가 되어 손님들에게 최고의 서비스를 해주고 싶기 때문이다. 그래서 호텔 셰프들이나 두를 법한 앞치마와 함께 나만의 요리복을 챙겨 입고 손님을 맞는다.

두 번째는 가볍게 속을 채울 샐러드. 아스파라거스와 빈을 끓는 물에 소금을 넣어 살짝 삶는다. 삶은 채소는 올리브 오일에 살짝 볶아 굴 소스로 마무리. 깔끔하고 부담 없는 맛이다.

드디어 메인 요리. 올리브 오일을 두르고 팬이 달궈지길 기다렸다가 고기를 올렸다. 생고기 그대로 올린 뒤 앞뒤로 잘 익혀 마지막에 소금 조금과 통후추를 많이 갈아 올리는 게 내 스타일의 스테이크다. 하얗고 커다란 스테이크 접시를 미리 데워놓고 그 위에 살짝 구운 고기를 올렸다. 소금을 톡톡 뿌리고, 통후추를 갈아서 색감을 위해 파슬리 가루와 함께 올렸다.

이번엔 채소로 데코레이팅할 순서. 데친 방울양배추를 반으로 잘라 방울토마토와 함께 놓았다. 데친 시금치를 윤이 나도록 올리브 오일에 살짝 버무리고, 데친 아스파라거스도 고기를 구웠던 팬에 태우듯 구웠다. 그것들을 스테이크와 함께 접시에 올렸다.

손님을 접대할 때면 그랬던 것처럼 쉬는 시간 없이 자연스럽게 식사가 이어지도록 하나씩 서브했다. 물도 따로 준비했는데 레몬을 넣은 생수를 테이블에 놓았다. 예전에는 레몬, 라임, 스트로베리, 로즈마리, 오렌지, 탄산수 등 물만 다섯 종류 이상을 준비했었다. 지금은 그렇게까지 과할 필요가 없다는 걸 안다. 그래도 레몬을 띄우는 건 잊지 않았다. 작은 것이지만 그 별것 아닌 것이 손님에게 존중받는 느낌을 주기 때문이다.

메인 요리 식사를 마치고 디저트 차례가 되었다. 칵테일 잔에 블루베리, 감, 귤 등 집에 있는 모든 과일을 크기별로 예쁘게 잘라 섞어 냈다.

예전에 비해 한참 모자라고 허술한 대접이었는데도 장로

님 부부는 잘 먹었다며 연신 고맙다고 하셨다. 칭찬받을 생각도 못 했는데 진심으로 좋아하는 모습을 보니 나도 우러나서 "또 해드릴게요. 언제든 오세요. 꼭 다시 해드릴게요. 다음엔 더 맛있는 걸 해드릴게요"라는 대답이 나왔다.

두 분이 돌아가고 설거지를 하면서 나도 모르게 웃음이 나왔다. 오랜만에 느끼는 뿌듯한 마음. 요리는 내가 참 잘하는 것이었지. 자꾸 하고 싶다는 생각이 들었다. 머릿속에 한식, 중식, 일식 요리들이 떠오르기 시작했다. 아지랑이처럼 다시 일어나고 있었다. 2년 만이었다. 오랜만에 느끼는 감정에 마음이 요동쳤다.

그날 손님 접대를 하며 조금은 나의 트라우마가 치유된 것 같다. 아마 앞으로는 요리를 자주 하게 될 것 같다.

◦ 둘 ◦

○

고백의 시간

이제 모두가 궁금해하는 이야기를 해야 할 것 같다. 책을 내려고 하니 마음이 힘든 게 솔직한 심정이다. 별별 일을 다 겪었지만 나도 평범한 여자와 다를 바 없는 사람이다.

사건에 대해 본격적인 이야기를 시작하기 전에 독자들에게 해명해야 할 부분들은 깨끗하게 하고 넘어갈까 한다. 이혼 전 나는 결혼생활에 대해 줄곧 긍정적으로만 이야기해왔다. TV에 출연해서나 인터뷰를 할 때, 하다못해 교회에서 간증을 할 때, 이전에 책을 쓸 때도 한결같았다. 아마 그래서 엘리베이터 사건이 사람들에게 너무나 큰 충격이었을 것이다. 당사자인 나는 그 충격 너머 따가운 의심의 눈초리까지 감당해야만 했다.

충분히 이해한다. 그럴 수 있다. 과거에 보여주었던 모습과 지금의 모습이 전혀 상반되니 말이다. 의심이 드는 게 당연하다. 그래서 어쩌다 이렇게 되었는지 사람들이 진정으로 알고 싶어 하는 내 이야기를 하려 한다.

결혼해서 나는 최고의 삶을 누렸다. 이건 부인할 수 없는 사실이다. 승승장구하는 남편을 두었고, 책을 쓰고 인테리어 분야의 커리어도 꾸준히 쌓아갔다. 아이들은 좋은 학교에 들어가 기쁨을 주었고 못 배운 나의 한까지 풀어줬다. 결혼생활 32년, 그 안에는 행복한 순간도 빛나던 순간도 함께 존재했다.

그러나 전남편이 휘두르는 폭언과 폭력은 상상을 초월할 정도로 무섭고 끔찍한 것이었다. 나는 그 사실을 숨기기에 급급했다. 그의 이중적인 성격은 내 삶의 유일한 약점이었다. 들키기 싫어서 우리의 삶이 행복하다고 앵무새처럼 반복했다.

당시의 내가 그 사람의 폭력에 대처한 것이라고는 고작 마음속으로 "메멘토 모리!"라고 외친 것이었다. 옛날 로마에서 승리를 거두고 돌아온 장군이 시가 행진을 할 때 노예들을 시켜 큰 소리로 외쳤듯이 말이다. 너는 반드시 죽는다는 것을 기억하라는 그 메멘토 모리.

결혼생활은 한마디로 '아픔'이었다. 사랑이 무엇인지도 모른 채 그저 흉내 내면서 살았다. 32년간의 결혼생활은 한편으로 전쟁이었다. 눈을 뜨면서 시작해 감을 때까지 끝도 없이 이어지던 전쟁. 나는 매번 전쟁에서 졌고, 시간이 지날수록 지쳐갔다.

그러다가 허무맹랑한 꿈을 꾸었다. 언젠가 남편을 목회자로 만들어서 변화시키자. 억지스러운 한 가닥 희망을 붙잡은 나는 당시 궁지에 몰리던 그를 망치지 않기 위해 감싸고 또 감쌌다. 왠지 그 심지에 불이 붙기만 하면 우리의 인생이 바뀔 수 있으리라는 생각이 들었다. 그러나 상상에 불과했다. 사람은 그렇게 쉽게 바뀌는 게 아니었다.

그는 자기 자신을 완벽하다고 생각했다. 자신은 뭐든 잘 알며, 자신이 하는 일은 무엇이든 옳고, 모든 이들이 자기 밑에 있다고 생각했다. 헛된 욕망을 끝없이 좇았다. 오로지 자신의 잣대로 판단하고 규정해놓은 삶을 무비판적으로 좇아가는 그를 보면 플라톤이 말한 에이카시아eikasia가 떠올랐다. 자신을 사회의 한 사람으로, 상대방의 눈으로 본 적이 없어 세상에 대한 어떤 비판도 없이 무조건 자기 이익만 좇는 삶.

그는 도무지 자기 자신을 깊이 들여다보려 하지 않았다. 오만과 편견으로 무조건 우기고 봤다. 구치소에 들어가게 됐을 때 자신을 그곳에 들어가게 한 모든 사람을 죽이겠다며 입에 담지 못할 욕설과 저주를 퍼부었다. 내게도 항상 그런 식이었다. 무조건 복종, 무조건 헌신을 요구했다. 반대 의견은 무시했고, 툭하면 미친년이라고 욕했다. 그에게는 평생 존경하는 사람도, 멘토도 없었다. 안 좋은 일에 대해서는 남의 탓으로 돌리고 책임을 전가했다. 아무래도 그는 어른이 되는 성장 과정에 뭔가 큰 상처가 있었던 게 분명해 보였다. 지금까지도 난 그 사람을 모르겠다.

남편은 영화로 실패를 하고 비리에 연루돼 구치소에 다녀온 후 난폭해졌다. 보수적이고 자기 주장 강한 가장의 모습이 아니라 브레이크 없이 폭주하는 기관차 같았다. 구치소에서 나와서는 갑자기 나의 모든 것을 빼앗았다. 통장, 도장, 신용카드 전부 다. 정확한 이유는 모르겠다. 돌변한 그가 무서웠고, 어차피 지켜야 할 가정이라면 내가 맞춰줘야 한다고 생각했다.

오래전부터 나는 주님께 내 삶의 의탁하고 있었기 때문에 물질적인 것쯤 내 마음대로 안되어도 괜찮다고 생각했다. 내가 너무 안일했던 것일까? 어떻게든 그때 악을 쓰고 화를 내서라도 바로잡았어야 할까?

일이 이렇게 된 데에는 나의 책임도 있다. 엉켜가는 고리를 빨리 끊어내지 못했다. 변명하자면, 아무리 폭언과 폭행을 불사하는 사람이라도 그는 내 남편이었고 아이들의 아빠였기 때문이다. 매일 폭행이 일어난 건 아니었다. 사랑하며 가꾼 시간들도 물론 있었다. 그러나 불쑥불쑥 찾아오는 부정적이고 악한 말이나 행동들. 그것도 함께 오래 살다 보니 순간만 넘기면 된다는 생각이 들면서 차츰 익숙해지고 젖어들었다.

하지만 나라고 해서 항상 아름답고, 내조 잘하고, 아이들을 잘 키우는 모습만 보였던 것도 아니다. 내 안에는 숨겨진 반항적 기질이 있었고, 잘 참다가도 한 번씩 올라올 때는 걷잡지 못할 정도로 대성통곡을 해서 그가 오히려 절절맬 때도 있었다. 덤덤하게 "네! 네!" 하며 고분고분 받아들이다가도 갑자기 싸늘하게 돌변해 말을 섞지 않기도 했다.

화가 나 예민하게 반응하면 남편은 나를 달래는 방법으로 고기를 사주곤 했다. 자다가도 고기 사준다는 말을 들으면 벌떡 일어나 옷을 입고 따라나설 정도로 내가 육식을 좋아했기 때문이다.

부연 설명이 좀 필요할 것 같다. 나는 굉장히 단순하고 유아적인 사람이다. 울다가 사탕을 주면 울음을 뚝 그치는 어린아이를 떠올리면 된다. 사소한 것이라도 좋아하는 걸 하게 되면 껑충껑충 뛰며 기뻐하는 게 나란 사람이다. 한 가지에 몰두하면 오직 그것에만 집중하는 것도 어린아이를 닮았다. 그는 나의 이런 성격을 잘 이용했다. 나도 나중에는 그의 속셈을 알면서도 속아주고 넘어가기도 했다. 부부싸움이 길어져야 좋을 게 하나도 없었다. 체력이 약해 싸움을 한 다음 날이면 아이들 챙기는 것도 힘에 부쳤다. 뒤따르는 고통 때문에 나는 매번 이 순간만 넘기자 그런 마음이었다.

그렇게 둘이 싸우고 컨디션이 안 좋다 싶을 때 "고기 먹으러 가자!" 하고 운을 띄우면 나는 못 이기는 척 감정 정리를 끝내곤 했다. 울다가도 달콤한 밀크티 한 잔에 조금 전의 다툼을 없던 걸로 해버리는 나를 그는 아마 다루기 좋은 아내라고 생각했을 것이다.

서로 극도로 대립하게 되면 고기도 밀크티도 통하지 않았다. 그럴 때 그는 극약 처방으로 홍콩 여행을 제안하곤 했다. 여행하며 바람 쐬고 쇼핑 한번 하면 낫는 병이라고 생색내며 나를 위하는 척했다. 그런 모습에 나는 잠시 감동해 그때마다 따라나섰다. 그런 일이 반복되면서 보상 심리로 인한 허영심도 커졌다. 그런데 이상하게 홍콩 여행 때마다 문제가 생겼다. 매번 한 번씩 갑작스러운 위경련으로 호텔 방을 뒹굴거나, 급체를 해서 바늘로 열 손가락 열 발가락을 따거나, 탈진하여 누워버리는 일이 일어났다.

홍콩이랑 난 안 맞나 싶으면서도 그가 제안하면 이번엔 괜찮겠지 하고 나는 또 좋아하며 별말 없이 동행했다. 그런데 마지막 홍콩 여행에서는 상상을 초월할 정도의 고통이 나를 찾아왔다. 나중에 알고 보니 대상포진이었다. 이루 말할 수 없는 통증이 나를 괴롭혔다. 머리카락만 슬쩍 닿아도 비명이 나올 정도로 통증이 밀려왔다. 순식간에 온몸이 땀으로 젖어 버렸고 도무지 잠을 이룰 수 없었다. 여행 기간 내내 통증에 시달리면서도 남편을 따라다녔다. 그는 언제나 나보다 자기 자신이 우선이었다. 아픈 나보다 자신이 계획한 일정이 훨씬 중요했다. 나는 결국 비행기 안에서 졸도 직전까지 갔다. 겨우 집으로 돌아와 급히 항바이러스 치료를 시작했는데 그 이후로 떨어진 면역력이 좀처럼 회복되지 않는다. 홍콩과 내가 안 맞아서라기보다 그와 함께 있는 것 자체가 스트레스가 아니었을까 생각한다.

어리석게도 그때는 그의 모든 행동을 사랑이라는 이름으로 덮었다. 여행을 가든 외식을 하든 나에게 선물을 하든 매사에 일방적이었지만, 나는 그것조차 사랑으로 해석했다. 함께 다니다 보면 한 번씩 그를 자극해 온갖 욕설을 들으면서도 나는 가식적인 반응을 보였다. 가짜로 웃고 가짜로 기뻐했다. 그리고 잠자리에 들어서야 베개에 머리를 묻고 소리 없이 울었다. 이 모든 상황이 진절머리 나고 나의 선택이 구역질 날 정도로 후회가 밀려왔다. 그러면서도 되뇌었다. 나는 강인한 사람이니 이겨낼 거야. 그를 변화시킬 수 있을 거야.

내가 바라는 건 단 하나였다. 아침에 일어나 남편의 따뜻한 손을 잡고 웃으며 기도하는 것. 함께 소소한 이야기를 나누며 산책을 가는 것. 함께 교회에 가고 기도하고 아이들이 크는 걸 바라보는 것. 그런 평범한 삶. 어쩌다가 드물게 남편이 손을 잡고 기도해주었는데, 그 한 번의 기도가 일 년을 참을 수 있는 힘이 됐다. 이날을 얼마나 기다려왔던가 생각하며 일 년을 버텼다. 그러나 그런 기적은 매일 일어나지 않았다.

살면서 남편의 눈빛만 보아도 심장이 오그라들었다. 그동안 나는 매사에 결점만 지적하는 남편에게 잘 보이려고 바둥거리는 강아지일 뿐이었다. 남편의 심기가 불편해지는 상황이 오는 것이 두려웠다. 주일에 교회에 가자고 깨우면 발로 차고 떠밀며 너 혼자 가라고 소리를 질렀다.

그 부작용으로 갱년기에는 오랫동안 집 안에서 입을 열지 않았다. 회의와 우울감이 깊어져서 견딜 수 없는 나날이 이어졌다. 목욕탕에 다녀오는 것 외에는 집 밖으로 나가지 않았다. 성경 말씀 외에 어디서도 위안받지 못했던 시절이었다.

그러나 나는 연약한 '그냥' 여자였다. 어린 여자를 질투했고, 내 자리를 뺏길까 봐 울었다. 어떻게 살아온 32년인데,

가정이 깨지는 게 무서워 벌벌 떨었다. 죽이고 싶을 만큼 미움이 커졌다. 총이 있다면 자살하고 싶었다. 어느 날은 내 안에 분노가 생기는 걸 보고 또 울었다. 나의 눈은 매일 다르게 붉어졌다. 눈물이 나의 의지와 관계없이 흘러내렸다. 바보같이 매일 울기만 했다.

그러다 결국 사건이 터졌다. 그 사건이 없었다면 아마도 그대로 이전의 삶을 유지했을 것이다. 여전히 단돈 만 원도 내 것으로 갖지 못한 채 가면을 쓰고 행복한 척 웃으며 살았을 것이다. 솔직히 세상을 설득할 용기가 없었다. 그러느니 차라리 그대로가 좋다고 생각했다. 아찔하다. 타성에 젖은 삶을 계속 살아가며 나 자신을 송두리째 잃어버렸을지도 모른다는 생각을 하니 말이다. 돌아보니 가장 큰 잘못은 내가 했다. 현실에 맡겨버린 수동적인 삶의 자세. 절대 복종, 절대 순종, 절대 명령 앞에 옴짝달싹 못 했던 내 모습. 다 내가 만들어낸 모습이었다.

이제야 아리스토텔레스가 말한 '잘사는 인생'의 개념을 떠올린다. 아닌 걸 아니라 하고, 잘못을 잘못이라 하고, 불의를 불의라 하고, 선을 선이라 할 수 있는 삶. 지금의 나라면 얼마든지 가능할 것 같다. 가면을 벗어던지고 진짜 서정희를 찾으며 이혼녀, 엘리베이터 사건의 주인공이라는 꼬리표를 당당하게 받아들이고 있는 지금의 나. 그런 꼬리표가 내 인생을 번거롭게 할 수도 있겠지만 흔들지는 못할 것이다.

"아침 빛같이 뚜렷하고 달처럼 아름답고 해처럼 맑고 깃발을 세운 군대같이 당당한 여자가 누구인가?" 이 아가서의 말씀을 나에게 하는 말이라고 여기고 포기하지 않기로 했다.

이혼을 하기까지 심적 고통만큼 육체의 고통에 시달렸다. 손가락 끝까지 쑤시고 아픈 것이 마치 수만 개의 대바늘이 온몸을 찌르고 긁어내는 느낌을 그 누구와 공유할 수 있을까. 나중에는 살기 위해 온갖 것을 다 먹기 시작했다.

싸늘한 비난, 조롱하는 소리가 나의 머리털까지 세버리게 하지만, 이제 나는 다 던지고 일어서기로 했다. 내가 어떤 사람인지는 앞으로 나의 삶을 통해 보여주려 한다.

진리가 반드시 이긴다는 것을 이제 나는 믿는다. 사랑해주고, 믿어주는 사람이 단 한 명이라도 있다면 나는 살아갈 희망이 있다. 더 이상 불의와 타협하고 이전의 자리로 돌아가고 싶지 않다. 더 이상 궁색한 변명 따위 하지 않겠다. 앞으로 진짜 서정희의 얼굴로 가치 있는 삶을 살겠다.

○

엘리베이터 안으로

2015년 5월 12일. 나의 민낯이 적나라하게 드러났던 바로 그 날이다. 비극적 운명의 날, 아니 비극을 끝내게 된 날이다.

CCTV 화면이 일파만파 세상에 알려지자 마치 발가벗겨진 사람처럼 부끄러웠다. '방송인 서세원, 아내 서정희 폭행. 넘어진 다리 붙잡고 엘리베이터 안으로 끌고 감.' 온갖 신문과 방송을 비롯한 대한민국 매스컴들이 앞다퉈 우리 부부의 소식을 내보냈다. 사람들은 매우 놀란 눈치였다. 오랜 세월 연예계의 손꼽히는 잉꼬부부로 또 행복한 가정으로 소문이 자자했다. 그러니 넘어진 채 다리를 붙잡혀 질질 끌려가는 내 모습을 믿기 어려웠을 것이다.

그러나 그게 진실이었다. 가면이 벗겨진 진짜 모습. 창백하고 우울한, 죽고 싶을 만큼 추한 모습. 다신 생각하고 싶지 않은 순간이지만 그날 그 사건을 시작으로 나를 다시 찾게 되었으니 불행 중 다행이라고 해야 할까. 이 지면을 빌려 다시 이야기를 시작할 수 있게 됐다. 궁금해하는 독자들을 위해 여기에 풀어놓는다. 재판 과정에서 이미 공개된 것을 재구성해본다.

불행의 시작이라면 그와의 첫 만남 그 자체일 것이다. 그러나 구체적으로 말하면 이 나락으로 떨어진 데는 가정을 파탄나게 한 다른 인물이 있었다. 젊어도 너무 젊은 스물일곱 살의 나이 차이를 극복한 아주 맹랑한 한 여자. 지금은 아이를 낳고 잘살고 있으니 공개된 것 이외에 개인적인 내용은 쓰지 않겠다.

사건은 그가 시나리오를 쓴다며 영화 제작사로부터 돈을 받은 후부터 시작한다. 그는 내게 일본으로 가서 시나리오를 구상하겠다고 거짓말하고는 딸 또래의 어린 여자를 데리고 홍콩으로 밀월여행을 떠났다. 물론 수차례 일본 여행도 다녀왔다.

세상 물정 몰랐던 나는 이러한 사실을 전혀 눈치채지 못했다. 그런데 어느 날 출장을 다녀온 그의 휴대폰을 닦다가 이상한 문자메시지를 발견했다. 자신의 휴대폰을 만지는 걸 싫어했기 때문에 평소라면 있을 수 없는 일이었다. 마침 그가 피곤하다며 침실로 들어갔고, 나는 별생각 없이 오랜 시간 집을 비웠던 그의 휴대폰을 물수건으로 닦아주었던 것이다.

그런데 문자 내용이 아무래도 이상해서 몰래 그 문자를 내 휴대폰으로 사진 찍어 딸아이에게 보냈다. 딸은 문자 발신자의 전화번호를 추적해 결국 그 주인공을 찾아냈다. 이 사실을 알게 된 그는 불같이 화를 내며 소리쳤다. 그것이 그가 할 수 있는 가장 쉬운 것이었다. 늘 그랬듯 그날도 고래고래 소리를 지르며 격렬하게 분노했다. 딸에게 쓸데없는 짓을 했다며 온갖 욕설을 퍼붓고 비열한 협박을 쏟아냈다. 물론 내게도 마찬가지였다. 그리고 자주 그랬듯 그날 저녁에도 수면제와 정체불명의 신경안정제를 과량 복용시켜 나를 정신없게 만들었다. 내가 꼼짝 못 하고 넘어간 듯 보였을 것이다.

그러나 나는 그날 이후 모든 것을 차곡차곡 녹음하기 시작했다. 그때 처음으로 스마트폰에 녹음 기능이 있다는 걸 알았고, 아직도 나는 당시 녹음한 자료를 보관하고 있다. 손해배상 청구를 할까 하는 유치한 생각으로 이것이 내가 쥘 수 있는 유일한 그의 약점이라고 생각했다.

그런데 그게 끝이 아니었다. 시나리오 집필 비용으로 어린 여자와 홍콩 여행을 갔다 온 사실이 영화 제작사에 알려졌다. 그는 전전긍긍했다. 영화감독과 시나리오 작가의 입지에 변동이 생길 것이 우려되었는지 길길이 날뛰며 나와 딸과 사위에게 30통이 넘는 욕설과 협박의 문자를 보냈다. 그것만으로도 분이 안 풀렸는지 주먹까지 휘두르기 시작했다. 이 모든 것 또한 기록해두었다.

그렇게 들키고 나자 그는 일본과 홍콩, 베트남 등을 수시로 드나들며 대놓고 불륜을 저질렀다. 그러더니 어느 날 도망치듯 미국 애틀랜타에 있는 나의 친언니 집으로 찾아갔다. 그리고 자신은 어린 여자와 같이 영화 제작비로 홍콩 여행을 한 것이 아니고, 시나리오 구상을 목적으로 일본이 아닌 홍콩을 경유했던 것으로 포장했다. 평소 연락을 하지 않아 별로 친하지도 않은 친언니 집으로 도피한 것은 꿍꿍이가 따로 있었다. 불륜을 저질렀다면 아내의 친언니 집에 가서 묵을 수 있겠느냐고 거짓으로 결백을 주장하고 싶었던 것이다.

어쨌든 우리 가정은 걷잡을 수 없이 아래로 아래로 치달았다. 그는 아마 삼 주면 내가 굴복할 것이고 어떻게든 정리되어 다시 예전처럼 아무 일 없이 이중 생활을 할 수 있을 거라고 계산했을 것이다.

그런 중에도 그는 수시로 내게 전화를 걸어 큰 소리로 온갖 욕을 하며 미친 사람 취급을 했다. 언제나 그랬듯 본인이 잘못하면 상대를 더 협박하고 질리게 해서 나가떨어지게 하는 능력을 발휘하는 참이었다. 이미 제정신이 아니었다. 그는 매일 국제전화를 걸었다. "너와 딸과 아들 모두를 죽여버리겠다"고 수없이 협박했다. 그리고 모든 일을 종교 문제에서 비롯된 것이라고 몰아가려 했다. 그 와중에 베트남에 간 그는 마음의 변화가 있었던 건지 연기였는지 모르겠지만 전화를 걸어 나를 회유하기 시작했다. "자식은 필요 없지만 우리 둘이 잘살자"라고 했다. 어떻게든 가정을 지키고 싶었던 나는 그 얘기를 듣고 그가 돌아오면 회복될 수도 있다는 일말의 기대를 했다.

삼 주가 지나 인천공항에 들어서자마자 바로 전화를 걸어왔다. 도착했으니 집에서 만나자는 것이었다. 나는 두려움에 사로잡혔다. 무서워서 집에서는 못 만나겠다고 대답했다. 그렇게 해서 만나게 된 장소가 집이 있는 건물 지하 로비였다.

2014년 3월 16일에 집을 나간 지 두 달 만인 5월 10일이었다. 토요일이고 저녁이라 로비에는 우리 둘뿐이었다. 둘밖에 없다는 사실에 나는 이미 겁을 잔뜩 먹고 떨면서 식은땀을 흘렸다. 로비가 너무 어두우니 불을 켜달라고 하자 선뜻 불을 켜주었다. 그러고는 어딘가로 전화해 나 들으란 듯이 온갖 욕설을 큰 소리로 해댔다. 주체할 수 없이 흥분한 상태로 보였다. 벌벌 떨던 나는 그 자리를 피하려고 일어섰고, 곧바로 제

압당했다. 이미 이성을 잃은 그가 소리소리 지르며 내 어깨를 세차게 쳐서 강제로 자리에 앉혔다.

그리고 갑자기 일어서더니 의자째 나를 이리저리 끌고 다녔다. 순식간에 벌어진 일이었다. 나를 끌고 구석에 있는 요가실로 몰아넣었다. 요가실에 들어가면 나를 도와줄 사람이 아무도 없었기에 버티고 싶었지만 힘이 없었다. 결국 그 안으로 끌려가고 말았다. 흥분한 그가 CCTV가 없는 장소로 나를 데려간 이유가 무엇일까?

요가실에 들어가자마자 그는 손으로 내 가슴을 밀쳐서 바닥에 벌러덩 넘어지게 했다. 곧바로 내 배에 올라타더니 한 손으로 내 목을 완전히 조르고 다른 한 손으로는 전화를 했다. 전화를 끊은 후에 두 손으로 나의 목을 더 세게 조르기 시작했다. 아무도 없는 그곳에서 나는 단 몇 초 사이에 숨이 막혀 죽을 수도 있는 위기 상황이었다. 아. 이렇게도 죽을 수 있구나, 생각했다.

당시 심한 마음고생으로 몸무게가 38킬로그램 정도였던 내가 그를 밀치는 것은 역부족이었다. 그의 폭압에 32년간을 눌려 살다 보니 큰 소리를 지르거나 무서운 눈으로 쳐다보기만 해도 식은땀이 나고 온몸이 경직되는 증상이 있던 터라 더욱 옴짝달싹할 수 없었다. 그때 그의 얼굴은 더 이상 내가 아는 아이들 아빠가 아니었다. 눈빛은 뱀처럼 허공으로 향했고, 혀를 날름거리고 입맛을 다시며 침을 질질 흘리는 짐승일 뿐이었다.

그 눈빛, 살면서 무수히 보아온 무시무시한 눈빛. 이상하게 화를 내지 않아도 남편의 눈빛은 섬뜩하고 무서울 때가 많았다. 나를 감시하러 불시에 집에 들어올 때나, 늦게 들어와 자는 내 얼굴을 쓱 훑으며 나를 노려보던 눈빛. 심한 의처증으로 늘 감시하고, 아무 잘못 없는 나를 마치 죄인처럼 몰아가던 그 눈빛. 화가 나면 감정 조절 능력을 완전히 잃어버리는 짐승의 눈빛. 내가 익히 보아온 그 눈빛이었다.

특히 그날 그의 눈에는 무서운 살기가 서려 있었다. 이마에 땀까지 맺힌 채 온 힘을 다해 목을 조르면서 "이혼해줄 줄 아냐? 죽여버릴 거야!"라는 말을 반복했다. 순간 나는 죽음을 경험했다.

계속되는 압박으로 눈알이 튀어나올 것 같고 혀가 빠져나올 듯한 고통 속에 피가 머리로 쏠려 터지는 것은 아닌가 하는 두려움이 엄습했다. 어떻게든 살아야겠다는 일념뿐이었다. 급기야 힘을 쓰다가 오줌까지 지렸다. 청바지가 흥건해졌고, 머리는 땀으로 범벅이 됐고, 눈이 뒤집히며 정말 죽을 수도 있는 상황에까지 이르렀다. 그제야 그는 두려웠던지 조르고 있던 손을 겨우 풀어주며 "집에 가서 얘기해. 알았지!"라고 말했다. 그 틈에 간신히 숨을 쉬고 정신을 차린 나는 잘 나오지 않는 목소리로 즉시 대답하려 애쓰며 "네"라고 내뱉고는 "로비 탁자에 있는 안경이랑 모자 가져가도 돼요?"라고 떨면서 물어보았다.

일단 흥분한 그의 마음을 진정시켜서 위기의 순간을 모면하고 사람들이 많은 곳으로 가서 도움을 요청할 생각이었다. 땀과 오줌으로 다 젖은 몸을 떨면서 최대한 태연한 척 살살 걸어갔다. 안경과 모자를 쓰고는 주차장을 지나 엘리베이터 쪽으로 향했다. 그때 내 걸음이 조금 빨랐던지 그가 갑자기 내 뒤를 잡아당기는 바람에 나는 다시 바닥에 넘어졌다. 그는 내 다리를 잡아끌기 시작했다. 무중력 상태가 된 것 같았다. 나의 몸이 종이처럼 찢겨 나가는 느낌이었다. 그렇게 속수무책 끌려갔다.

아무 일도 아니에요

주차장에서 엘리베이터로 끌려가는 동안 나는 죽음이 바로 눈앞에 있는 것 같은 공포에 빠져들었다. 집 안에 들어가면 더 이상 세상을 볼 수 없을 것이라는 두려움이 몰려왔다.

"살려주세요! 저 좀 도와주세요!"라고 소리쳤다. "112에 신고해주세요!"라며 울면서 소리쳤다. 그러자 사람들이 몰려들고 마켓 직원들도 와서 웅성댔다. 나중에 들은 얘기지만 이때 마켓 직원이 신고를 했다고 한다. 곧 보안요원이 도착했고, 나는 요원의 다리를 붙잡고 살려달라고 애원했다.

그러나 전남편은 막무가내로 나를 엘리베이터 안으로 끌고 갔다. 바닥에 쓸려 안경과 모자가 벗겨지고, 청재킷이 벗겨지다가 팔에 끼였으며, 티셔츠가 말려 올라가 배가 다 드러났다. 여자의 몸으로 너무도 큰 수치와 모멸감을 느꼈다. 그렇게 처참하게 수치를 당하고 추한 모습을 보였던 나는 지금도 그 상황을 생각하면 죽고 싶은 마음이 든다.

엘리베이터 앞에 도착해 버튼을 누르고 기다리고 있을 때 옆에 있던 입주자 한 명이 "여자를 그러시면 돼요? 다리를 놓고 하세요"라며 화를 냈다. 하지만 그는 눈도 깜빡하지 않은 채 "집안일이에요. 상관 마세요"라며 발목을 놓지 않았다.

이때 내가 제일 무서워하는 두 남자가 내려왔다. 전남편의 수족이었다. 두 남자는 주변 사람들에게 미소를 지으며 "아무 일도 아니에요"라고 말했다. 그들이 나를 발로 밀어서 내 몸은 꼼짝없이 엘리베이터 안으로 끌려 들어갔다. 19층까지 올라가는 동안 보안요원을 비롯한 두 남자, 그 누구도 나를 일으켜주지 않았다.

그는 19층에 도착할 때까지 나의 발목을 놓지 않았다. 엘리베이터에서 내리자 그의 수족 두 사람이 내 팔을 잡아끌었다. 그들은 경찰이 와서 제재한 후에야 비로소 나를 놓아주었다. 엘리베이터와 복도에서 끌려다니며 엉덩이 쪽 피부가 다 벗겨져 한동안 앉을 수도 없을 정도였다.

3년이 지난 지금도 당시의 상황을 떠올리는 게 힘들다. 이 글을 쓰노라니 그때 일이 주마등처럼 스쳐 지나가는데, 생각만으로도 심장이 옥죄어들고 숨도 쉬기 어렵다. 그의 이름만 들어도 경기를 할 정도로 극한 공포에 휩싸인다. 수도 없이 울었고 온몸이 땀범벅이 되기도 수차례. 잠이 잠깐씩 오더라도 깜짝 놀라 주위를 둘러보고 문을 다시 확인하고, 절대로 잠들지 않고 억지로 뜬눈으로 새웠다.

결혼생활 동안 나는 본능을 누르며 스스로 금욕주의에 빠져 지냈다. 참는 것 자체가 나에게 묘한 위로가 되었다. 그러나 이것은 더 큰 문제를 불러왔다. 늦게 들어와 외박 안 했다고 말하는 남편을 묵인해주며 참아낸 나를 기특하게 생각했다. 아무래도 그런 내 태도가 문제를 점점 더 키운 것 같다.

어린 시절부터 행복한 가정생활을 꿈꿨다. 뜻하지 않게 시작된 가정이지만 최선을 다하고 싶었다. 덕분에 가족을 위해 집을 꾸미는 데 누구도 따라올 수 없는 뛰어난 스타일리스트가 될 수 있었다. 맛에 깐깐한 셰프도 되어봤고, 어느 순간 보니 청소와 빨래 삶기의 달인도 되어 있었다. 때로는 꿈의 집을 짓는 건축가가 되었고, 독창적인 공간을 만드는 예술가가 되기도 했다. 그래서 마치 아이들이 작은 블록으로 집을 짓듯 나도 짧지 않은 세월 동안 조금씩 조금씩 나만의 집을 완성해나갔다.

그동안 크고 작은 고비와 위기가 있을 때마다 나 하나만 참고 희생하면 문제 없으리라 생각하면서 인내와 뚝심으로 견

며냈다. 그러나 그토록 무너지지 않기 위해 애쓰고 가꾸어온 나의 가정은 마침내 와르르 해체되고 말았다. 허공에 뿌려진 밀가루처럼 손에 잡히지 않는 가루가 되어 흩어져버렸다. 일본 건축가 구로가와 기쇼가 이런 말을 했다.

"짓는 것보다 해체하는 것이 더 힘들다."

그렇다. 32년간 어렵고 힘들게 공들여 완성한 나만의 집을 해체하는 과정은 정말이지 죽음과도 같았다.

생각해보니 열여덟의 나는 그때 사실상 내 인생을 포기한 것이었다. 그때 누가 나를 막아줬더라면, 친정 엄마가 그렇게 싫어했는데 더 강하게 말렸더라면. 이 이상한 출발을 나는 왜 한 번도 거부할 생각을 하지 않았을까? 무슨 생각으로 겁도 없이 그의 말을 믿었을까? 이게 아니라는 생각은 할 수 없었을까? 순결을 잃은 것이 그렇게 돌이킬 수 없는 것이었을까? 그렇게 무서웠을까?

언제나 그랬듯이 또 나는 깊은 질문 속으로 나를 던진다. 답은 정해져 있고, 이제 와서 달라질 건 없다. 과거가 아닌 미래를 보아야 하는 이유이다.

10억 원어치 쓰레기를 치우다

결혼생활의 마침표는 살림을 나누는 일이었다. 그를 만나면 고맙고 서운하고 화나고 억울했던 것에 대해 허심탄회하게 말할 생각이었다. 법적인 절차가 모두 마무리되는 날 마지막으로 얼굴을 보고 정리하게 될 줄 알았다.

그러나 나는 그날을 이렇게 기억한다. '10억 원어치 쓰레기를 치운 날'이라고.

처음부터 정확하게 5대 5로 나눈다는 건 별 의미가 없었다. 대화로 각자 소중한 것들을 챙기고 필요한 것들에 양해를 구할 생각이었다. 그런데 예상과 달리 그는 나타나지 않았다. 32년 동안 우리가 함께 쓰던 살림이 들어 있는 컨테이너 앞에, 나의 가정을 나누겠다고 전혀 모르는 사람들이 왔다. 그들은 벌써 리스트에 적혀 있는 물건을 가져가려고 준비를 하

121

나는 그 찻주전자가 내 결혼과 같다는 생각을 했다.
그래서 잘 닦고 길러보자고 다짐했었다.
좋은 일, 나쁜 일 앞에서 의연하려고 애썼다.
그가 표현하진 않았지만
그 역시 우리가 함께 잘 길러나간다고 생각하고 있기를 바랐다.
바보같이 그럴 거라고 믿었다.

고 있었다.

"애들 아빠는 안 와요?"

"저희가 처리할 겁니다. 여기 품목 리스트 가져왔어요."

이건 잘못됐다. 그들을 마주한 순간 손이 떨리고 심장이 뛰고 머릿속에서 땀이 나기 시작했다. 32년을 가꾸어온 나의 살림 목록을 들고 전혀 모르는 두 사람이 나타난 것이다. 벌벌 떨며 그들에게 목록을 건네받았다.

부들부들 떨리는 손으로 빼곡하게 적힌 목록을 읽으면서 왈칵 눈물이 쏟아졌다. 특히 '보이차' 항목에서 시선이 멈췄다. 기가 막혔다. 보이차는 그의 건강을 생각해 마시기 시작한 것이었다. 차를 고르고 마시는 일 자체에 늘 정성을 기울였었다. 특히 차를 마시고 난 주전자를 잘 닦아서 보관하는 일도 중요했다. 찻주전자를 '차호茶壺'라 부르고 이를 관리하는 법을 '양호養壺'라 하는데, 양호는 '기르고 보호한다'는 뜻이다. 주전자를 관리하는 것에 기른다는 표현을 쓰는 게 참 마음에 들었다.

나는 그 찻주전자가 내 결혼과 같다는 생각을 했다. 그래서 잘 닦고 길러보자고 다짐했었다. 좋은 일, 나쁜 일 앞에서 의연하려고 애썼다. 그가 표현하진 않았지만 그 역시 우리가 함께 잘 길러나간다고 생각하고 있기를 바랐다. 바보같이 그럴 거라고 믿었다.

'보이차'라는 단어 앞에서 나는 어쩔 수 없이 눈물을 쏟아냈다. 그동안 애써 길러온 내 가정이 무너져버린 것이 안쓰러웠다. 내 가치가 보이차만도 못한가, 설움도 밀려왔다. 그냥 눈물이 뚝뚝 떨어졌다. 울다가 너무 화가 나서 찻주전자를 컨테이너 상자 밖으로 던지며 소리쳤다. "이 깨진 거 다 가져가라, 이 나쁜놈아" 욕을 했다.

사실 주전자를 던지면서 나는 그들이 남편에게 전화해서 상황을 알리길 바랐다. 상황을 전해 들은 남편이 화를 내며 달려오길 바랐다. 그리고 그가 나에게 무릎 꿇고 빌었으면 했다. 그러면 못 이기는 척 깨진 도자기에 아교질을 하듯 우리 가정을 다시 붙여놓고 싶었다. 사랑도 아니고 그리움은 더더욱 아닌, 그저 미련이었다. 내 가족에 대한, 내 가정에 대한 미련. 그러나 끝내 그가 나타나는 일은 일어나지 않았다.

나를 울린 또 하나의 품목은 조덕현, 신성희, 남기호 등의 작가가 그린 그림이었다. 특히 조덕현 작가의 〈물레 돌리는 여자〉는 남다른 사연이 있어 더 애착이 가던 그림이었다. 예전에 살던 집과 가까웠던 갤러리에서 그 작품을 처음 만났을 때 작품 속 여자의 얼굴이 나에게 많은 이야기를 건넸다. 마치 우리 엄마 같기도 하고 나를 키워준 외할머니 같기도 한

125

그녀의 얼굴 위로 내 삶이 오버랩됐다. 어려서부터 쉬운 게 하나도 없었던 나의 삶이 그림 속에 있었다.

집에 돌아와서도 한참 동안 그 그림이 떠올랐다. 하지만 당장 그림값을 치를 돈이 없었다. 그날부터 돈을 모으기 시작했다. 그때만 해도 통장 스무 개를 내가 가지고 있었다. 2002년 그가 구치소에 다녀오기 전까지 재정 관리는 내 담당이었다.

열심히 돈을 모아 결국 그 그림을 샀다. 〈물레 돌리는 여자〉가 집에 온 날 나는 온 집 안을 껑충껑충 뛰어다녔다. 그런 내 모습을 보고 깔깔대던 아이들의 웃음소리가 들리는 듯하다. 어린아이 기질이 있는 나는 기쁘고 신이 나면 집 안을 아이처럼 뛰어다니곤 했다.

그림과의 인연이 좀 더 깊어진 계기는 이사였다. 2005년 새집으로 옮겼는데 집 분위기와 작품의 프레임이 어울리지 않아 고민에 빠졌다. 작품을 너무 사랑하는 만큼 돈보이게 하고 싶고, 오래 간직하고 싶고, 아이들에게 물려주고 싶었다. 결례가 된다는 걸 알았지만 고심 끝에 미술작가협회에 연락해 조덕현 작가와 통화를 했다.

"작가님, 저는 이 그림이 정말 좋아요. 볼 때마다 마음이 편안해져요. 우리 할머니 같고 우리 엄마 같고, 또 어쩔 땐 제 모습 같아요. 이 그림을 우리 딸이 가져가서 저처럼 가족들을 추억했으면 좋겠어요. 그런데 이사 갈 집에 걸기엔 지금의 프레임이 겉도는 느낌이에요. 정말 실례가 된다는 걸 알지만 부탁드려요. 혹시 프레임을 좀 바꿔주실 수 있을까요?"

나는 조덕현 작가에게 작품을 사랑하는 간절한 마음을 전했다. 진심이 전달됐는지 무례한 부탁임에도 멋지게 프레임을 바꿔주었다. 그 인연으로 조덕현 작가의 작업실을 들락거리며 작품 이야기를 나눴고, 아이들을 데려가 작가의 세계를 경험하게 해주기도 했다. 그랬던 그림이었다.

다른 사람을 통해 건네받은 목록에는 온통 값나가는 것뿐이었다. 고가의 가구와 가전제품, 유명 작가의 그림 같은 것들이 빼곡히 적혀 있었다. 마지막까지 목록을 살펴보고 그나마 다행이라고 생각했다. 내가 정말 빼앗기기 싫은 것들은 하나도 들어 있지 않았다. 안타까우면서도 내심 안도했다.

그림이 좀 아쉬웠지만 다시 생각하니 다 괜찮았다. 작품을 흠모하고 작가와 작품에 대해 대화했던 모든 시간은 여전히 내 것이다. 작품을 만나고 아이들과 생각을 공유하고 함께 이야기했던 과정이 모두 추억으로 가슴속에 남아 있다. 그러니 소유하지 않아도 마음이 든든했다. 그는 '다 달라는 자'에 불과하고, 나는 '다 가진 자'였다.

사실 내게 귀한 물건은 따로 있었다. 우리 아이들이 어려서부터 써온 일기장, 글짓기 공책, 명절 때마다 입었던 한복, 그리고 목사님별로 말씀을 정리해놓은 노트, 빼먹지 않고 기록했던 묵상 노트, 기도 노트, 영감을 받을 때마다 끄적거렸던 스케치들, 직접 고르고 재단해 만든 커튼, 서툴지만 직접 수놓은 원단들, 손바느질로 삐뚤삐뚤 만들었던 것들, 이가 나간 오래된 유리잔, 소중하게 다뤘던 온갖 그릇들.

물건을 전부 나누고 돌아온 나는 이혼 소송을 진행하며 2년 6개월 동안 창고에 보관했던 이불 커버와 커튼, 베개 커버 등을 빨기 시작했다. 베란다에 눅눅해진 이불들을 깨끗이 빨아 널면서 나의 찌꺼기 같은 감정들도 날려버리려 했다.

"그냥 버려. 그게 뭐라고 안 버리니?"

친구의 타박에도 난 못 버린다고 했다.

"이거 만들 때 원단을 보러 다니고, 줄자로 재고 끼워 넣고, 사선으로 박을까 직선으로 박을까 내가 얼마나 고민했는데. 원단 들고 터미널 가공소를 뛰어다니던 것, 파리로 여행 갔을 때 좁은 골목골목 누비며 침구를 골랐던 기억도 선명해. 집 예쁘게 꾸미겠다고 산 베개 커버랑 쿠션 커버로 꽉 찬 트렁크를 닫겠다고 그 위에 걸터앉아 꾹꾹 눌렀던 것까지. 그런 것까지 다 털어버리고 싶진 않아. 이걸 버리는 건 나를 버리는 느낌이야."

비싼 건 아니지만 오랜 시간 소중히 관리하며 아껴 쓰던 물건들, 지나간 시간이 묻어나는 정성 들인 물건들, 나의 아이디어로 탄생한 세상에 단 하나뿐인 것들. 나를 살게 해준 것들. 너는 이런 능력이 있구나, 참 귀한 사람이구나, 첫 단추를 잘못 끼웠지만 그래, 너는 이렇게 좋은 재능을 타고났으니 더 열심히 살아보자. 이렇게 스스로를 격려하며 가까스로 삶을 긍정할 수 있게 하는 것들. 이런 것들을 어떻게 버릴 수 있을까?

엘리베이터 사건이 벌어지고 도망치듯 집을 나왔을 때가 떠오른다. 그때 나에겐 간단한 옷가지와 아끼는 책 몇 권이 든 트렁크 몇 개가 전부였다. 그런데 이렇게 다시 내 귀한 것들을 찾을 수 있게 됐다. 그것만으로 감사한 일이었다.

무엇보다 중요한 건 내 마음속에 담아둔 것들은 그가 하나도 가져가지 못했다는 사실이다. 머리와 가슴에 많은 것을 쌓아놓은 건 얼마나 잘한 일인가. 눈에 보이는 것보다 소중한 것이 무엇인지 확실히 깨닫게 됐다. '정희'라는 유기체의 한 요소가 된 수많은 재료는 어느 누구도 앗아갈 수 없는 것이다. 나만의 것, 보고 느끼고 감동하며 체화시킨 것들은 나를 공중분해시키지 않는 이상 빼앗을 도리가 없다. 돈 주고도 살 수 없는, 다시는 가질 수 없는 것들이 진짜 가치 있는 것이라고 생각한다.

이제 와 돌아켜보니 그런 것들은 하나도 필요 없다고 했던 게 정말 다행이다. 10억 원어치의 쓰레기를 버린 날, 부러진 톱니바퀴에서 새 이가 하얗게 돋아났다.

°

나는 사기꾼이 되어 있었다

살림 이야기가 나왔으니 또 하나를 짚고 넘어가겠다. 사람들은 아직도 나의 이름 서정희와 함께 인터넷 연관 검색어로 뜨는 '서정희 쇼핑몰'의 전말이 궁금할 것이다. 쇼핑몰에 대한 오해가 남은 한 여기까지 나의 이야기를 듣고도 과연 진실일까 갸우뚱할 사람도 많을 것이다. 결론부터 말하자면 쇼핑몰은 나의 무지와 그의 강압이 만들어낸 돌이킬 수 없는 사고였다.

당시 우리 가정의 경제 상황은 썩 좋지 않았다. 그는 툭하면 나에게 이제는 네가 나가서 돈을 벌어오라는 말을 했다. 요즘 삼겹살집이 잘된다고 하니 삼겹살집을 운영해보라고도 했다. 거부했더니 어느 날은 나의 인테리어 책 『SHE IS AT HOME』에서 따온 '쉬즈앳홈'을 브랜드화해서 내 이름을 걸고 내 살림으로 쇼핑몰을 하라고 강요했다. 이제 나를 내세워 돈을 벌겠다는 것이었다. 나에게 CF 섭외가 들어오면 눈을 부라리던 사람이 사회에서 궁지에 몰려 경제적으로 힘들어지자 나를 돈벌이로 이용하려 했다.

그 동안 베스트셀러가 된 살림 관련 책들도 그렇고, 나의 살림 스타일이 대중들에게 좋은 이미지를 가지고 있다는 걸 그도 알고 있었다. 삼겹살집을 차리느니 제일 잘하는 걸 이용해 돈을 벌라고 하는 게 좋을 것이라고 생각했을 것이다.

그는 예전부터 누구든 자기 말을 잘 듣는 사람에게는 한없이 상냥했지만, 자신의 의견에 토를 다른 사람은 무조건 짓밟아버리는 무서운 면이 있었다. 여러 번 말했듯 그런 그의 성격을 아는 나는 자연스럽게 그에게 맞춰 살게 됐다. 자기 마음대로 안 되면 못 견디는 그에게 반항을 해봐야 좋을 것이 없었다.

'쉬즈앳홈' 쇼핑몰 문제도 마찬가지였다. 남편의 벌이가 시원치 않았고, 경제적으로 내가 가정을 책임져야 한다면 할 수 있는 걸 해야겠다고 생각했다. 살림은 내가 해오던 것이니까 전혀 모르는 분야게 뛰어드는 것보다 낫겠다고 여겼다. 딸 동주에게 넌지시 인테리어 관련 쇼핑몰을 아빠가 하라고 하는데 어떻게 생각하냐고 물었다. 동주는 엄마가 다시 일을

어른인 척 행복한 척하느라 지친 이들에게

정여울이 들려주는 …

『그때 알았더라면 좋았을 것들』 두 번째 이야기

…30대의 나를 다시 만날 수만 있다면,
지금 제대로 살고 있는 건지 매일 고민하고
망설이던 나에게 꼭 해주고 싶은 말이 있다…

**마음속에 새기고 싶은
인생의 키워드 20**

그때, 나에게 미처
하지 못한 말

정여울 지음 | 값 16,000원

건명원 시리즈

탁월한 사유의 시선
최진석 지음 | 값 17,000원

그해, 역사가 바뀌다
주경철 지음 | 값 16,000원

인간을 읽어내는 과학
김대식 지음 | 값 18,000원

심연
배철현 지음 | 값 17,000원

하루 10분, 나를 깨우는 짧고 깊은 생각

이 책은 주옥같은 28개의 아포리즘과 서울대 배철현 교수의 깊이 있는 해석이 더해진 인문 에세이로, 고독, 관조, 자각, 용기로 이어지는 자기 성찰의 4단계를 제시한다. 매일 아침, 인생의 초보자가 되어 이 책을 읽다 보면 삶에의 열정과 용기를 얻을 수 있을 것이다.

다시, 국가를 생각하다
토드 부크홀츠 지음 | 값 22,000원

위기의 국가를 구한 리더들의 통찰과 혜안!

이 책은 오늘날 부유한 나라들이 직면한 경제적·정치적·문화적 분열 양상을 지적하면서, 이를 국가 경쟁력의 원천이자 혁신의 기회로 전환해야 한다고 주장한다. 또한 알렉산드로스 등 국가적 혼란을 극복했던 역사 속 지도자들을 살펴보며 재건을 이끌 리더의 역할에 대해 다시 한번 생각해볼 기회를 제공한다.

대한민국이 묻는다
문재인이 말하고 문형렬이 엮다 | 값 17,000원

다시 함께 만들어 세워야 하는 완전히 새로운 나라,
문재인에게 묻고 문재인이 직접 답한다!

가장 높은 인기와 가장 많은 오해 위에서 더나은 민주주의를 위해묵묵히 한길을 걸어온 그 사람, 문재인. 『대한민국이 묻는다』는 정치인 문재인을 만든 기억과 역사, 그가 만든 인권과 정치, 그가 만들 민주주의와 새로운 대한민국을 그의 생생한 육성으로 기록한 대담 에세이다.

도쿄에 왔지만
다카기 나오코 지음 | 고현진 옮김 | 값 11,000원

"내가 상상했던 도쿄는 이렇지 않았어!"

20대 청춘 지방러 다카기 나오코의 고군분투 도쿄지엠 도전기. 전철 막차를 놓쳐
한밤의 거리를 홀로 걷기도 하고, 일러스트레이터 면접 탈락에 좌절하기도 하지만
포기하지 않고 꿈을 향해 나아가는 작가의 서툴렀지만 마음 따뜻했던 날들이 펼쳐진
다.

오늘 뭐 먹지?
다카기 나오코 지음 | 고현진 옮김 | 값 11,000원

"오늘도 내 밥은 내가 한다!"

혼자 산다는 것은 곧 혼자 요리하고 혼자 먹는다는 것. 자취 십여 년차 '프로 혼밥러'
다카기 나오코의 망쳐도 부담 없고 어설퍼도 괜찮은 집밥! 얼렁뚱땅 엉터리 레시피
로 만드는 황홀한 집밥 에피소드가 펼쳐진다.

혼자 살아보니 괜찮아
다카기 나오코 지음 | 하지혜 옮김 | 값 11,000원

혼자 사는 즐거움이 생생하게 펼쳐지는 생활 공감 만화!

자취 생활의 희로애락이 펼쳐지는 달콤 쌉싸름한 어쿠스틱 싱글 라이프. 느리지만
행복하고 담담하지만 리얼한 혼자 살기의 즐거움을 그려냈다. 혼자 산 지 18년째에
도 여전히 고군분투하는 다카기 나오코의 웃음 가득한 혼자 살기 시리즈 완결편.

뷰티 이프 1, 2
다카기 나오코 지음 | 윤지은 옮김 | 값 각 11,000원

"꿈으로 먹고 사는 건 무지 어려워!"

꿈 하나 믿고 상경한 다카기 나오코의 공감백배 생활밀착형 장
래희망 이루기. 꿈을 좇아 무작정 상경한 다카기 나오코의 20대
알바생 시절이 펼쳐진다. 눈물 없이 볼 수 없는 좌충우돌 도쿄 아
르바이트 정복기.

고슴도치의 소원
톤 텔레헨 장편소설 | 유동익 옮김 | 값 13,500원

"나한텐 아무도 안 와. 근데… 나도 안 가, 아무한테도."

먼저 다가가는 것이 두려운 세상의 모든 소심이들을 위한 이야기
네덜란드 국민작가 톤 텔레헨이 전하는 어른을 위한 특별한 동화 소설
에쿠니 가오리, 오가와 요코, 다니카와 슌타로 등 일본 문단의 극찬 릴레이!

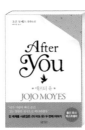

애프터 유
조조 모예스 장편소설 | 이나경 옮김 | 값 16,000원

"내가 사랑에 빠진 순간, 그는 영원히 천국으로 떠나버렸습니다."

출간 즉시 베스트셀러에 오른 루이자와 윌의 두 번째 이야기. 누구보다 가슴 아픈 사랑을 했던 루이자가 윌을 잃은 슬픔에서 벗어나 용감한 삶을 향해 나아간다. 사랑의 본질을 통찰력 있게 그리는 로맨스의 여왕 조조 모예스가 세상에 없는 사람을 향한 진한 그리움과 새로운 삶을 위한 용기를 아름답게 엮어냈다.

기억술사 1,2,3
❶기억을 지우는 사람
❷처음이자 마지막
❸진실된 고백

오리가미 교야 지음 | 서혜영 외 옮김 |
값 각 14,000원 / 14,000원 / 13,000원

멀린 시리즈
❶잃어버린 시간
❷일곱 개의 노래
❸분노하는 불꽃

토머스 A. 배런 | 김선희 옮김 |
값 각 15,000원

시작한다는 사실만으로 적극 찬성했다.

　남편과 나 사이의 일 대부분을 함구했기 때문에 아이들은 쇼핑몰 사업이 아빠의 강압에 따른 일이라고는 생각하지 않았다.

　"엄마가 그 분야에선 탁월하잖아. 다시 일을 시작한다니 정말 잘됐다."

　"내가 잘할 수 있을까?"

　"그럼, 충분히 해낼 거야. 모르는 거 있으면 내가 알려줄게. 언제든 도울 테니까 열심히 해봐, 엄마."

　쇼핑몰을 준비하는 동안 딸 동주는 귀찮은 일을 도맡아 해줬다. 예금주가 동주 이름으로 되어 있었던 것도 그 애가 이런저런 일을 처리하면서 그렇게 된 것이었다. 그때까지도 동주는 아무것도 몰랐다.

　'쉬즈앳홈'이 콘셉트인 만큼 내 책에 소개된 독일제 물과 일본산 레깅스는 시중 가격 그대로 올려 팔기로 했다. 그런데 일이 이상하게 돌아갔다. 어떤 물건을 판매할까 고민하는 과정에서 그는 내가 아끼는 살림을 내놓으라고 종용했다. 서정희가 쓰던 물건이라고 하면 잘 팔릴 거라고 말했다. 나는 기가 막혔다. 어떤 투자도 없이 그 동안 내가 아끼며 가꾼 물건들을 내다 팔라는 소리였다. 그 살림들이 내게 어떤 것인데.

하나부터 열까지 사연 없는 게 없었다. 나를 살게 해주고 나를 있게 해준 소중한 것들이었다. 그의 속내를 알게 되자 나는 당장 쇼핑몰을 접고 싶었다.

역시 주도권이 없는 내 의견이 통할 리 없었다. 그 순간부터 나는 아직 열지도 않은 쇼핑몰이 망하길 빌었다. 화가 나 어쩌지 못하다가 생각해낸 것이 내가 생각하는 가치만큼의 가격을 매기자는 것이었다. 물론 남들이 보기에 말도 안 되는 가격일 수 있었다. 그러나 손때 묻은 자기 물건의 가치는 누구나 주관적일 수밖에 없을 것이다.

터무니없이 높은 가격을 매겨 남편에게 보여주니 의아했는지 물었다.

"이 가격으로 팔리겠어?"

"왜요? 비싸게 팔리면 더 많이 남는 거잖아요."

돈이 궁했던 그는 쉽게 오케이를 했다.

예정대로 쇼핑몰을 오픈했다. 그리고 며칠 되지 않아 한바탕 난리가 났다. 온갖 매스컴에서 '서정희 쇼핑몰 폭리', '서정희 쇼핑몰 사기' 등 자극적인 기사들이 쏟아져 나왔다. 대중의 반응은 싸늘했다. 어느새 나는 폭리를 취하는 사기꾼이 되어 있었다.

참담했다. 나는 단지 '누가 그 돈 주고 사려 하겠어? 서세원 골탕 좀 먹어봐라' 하는 단순한 생각이었다. 소비자들에게 피해를 주려고 한 일은 아니었다. 그러나 오해받기 충분했다. 하나도 팔리지 않은 채 오픈하자마자 문을 닫아 실제 피해자가 나오지 않은 게 다행이라면 다행이었다.

쇼핑몰을 문 닫게 하겠다는 내 계획은 성공했다. 그러나 내 이름을 내세웠던 일에 신중하지 못했다는 것을 지금까지도 반성한다. 그러지 말았어야 했다. 내 이름을 돈벌이 수단으로 삼지 말라고 그에게 분명하게 말했어야 했다.

무지에서 나온 실수. 아무것도 몰라서 이렇게 된 것이라고 변명하면 상처받은 사람들의 마음이 조금이라도 풀릴까? 다시는 그런 실수를 하지 않을 것이다. 내 인생의 주체가 된 지금부터 앞으로 쭉 나는 내 이름을 정직하게 사용할 생각이다. 쇼핑몰 사업은 정말이지 나의 큰 과오였다.

°

사랑은 그냥 사랑이어야 한다

조용하고 말이 없던 나는 유년 시절부터 집에 틀어박혀 손으로 무언가를 하는 걸 좋아했다. 책에서 찾은 글귀를 손 글씨로 옮겨 적거나 삽화를 그려 넣기도 했다. 아이들에게도 그림이 그려진 메모를 자주 남겼다. 밖에도 잘 안 다니고 혼자 있는 시간이 길어지면서 그림 그리기와 노트 필기는 좀 더 본격적이 되었다. 정리를 하는 나만의 방식도 생겼다. 색색의 색연필을 늘어놓고 하얀 종이 위를 조금씩 채워갈 때면 마음만은 부자가 된 것 같았다. 가끔은 말 못 할 고민이나 속상한 일을 그림으로 그리기도 했다.

이혼 후 짐을 찾아오면서, 결혼생활을 하며 쓰고 그렸던 노트를 넘겨보았다. 행복한 순간도 있었다. 아이들이 태어났을 때, 그 아이들이 자라면서 주었던 기쁨. 남편이 사회에서 인정받았을 때, 신앙인으로 교회 안팎에서 보냈던 시간. 몸이 아파 힘들 때 결혼생활을 돌아보며 그렸던 그림이다.

그 그림을 그리는 동안에는 행복보다 슬픔이 컸다. 32년 결혼생활의 시작과 끝, 나름의 일대기를 이렇게 그림으로 그리고 글을 적어나가면서 눈물이 났다. 어두운 시절, 앞이 보이지 않던 그 시절. 그러다 꿈에서 천국을 본 그림을 그릴 땐 잠시 눈물을 멈추기도 했다. 그 꿈 이야기를 잠시 해볼까 한다.

2004년이었다. 자궁에 종양이 있다고 해서 서울대학교 병원에 입원했을 때 환자복을 입고 수술을 기다리고 있는 나를 그가 다그쳤다.

"난 잘못 살아서 구치소에도 가고 풍파를 겪었다 치자. 그런데 너는 왜 아픈 거냐? 하나님의 딸로 그렇게 열심히 살았다면서 왜 병원에 와 있어?"

나는 아무 말도 하지 못했다.

"아파도 싸. 네가 한 짓을 보면 아파도 싸다고."

교회에 헌금도 열심히 하고 목사님을 하늘같이 여기고 교회 일이라면 발 벗고 나서는 내가, 새벽기도 철야기도 묵상을 빼놓지 않는 내가 병에 걸렸다고 하니 남편은 내내 비아냥댔다.

제 몸 돌보지 않고 새벽기도를 가다 쓰러진 아내에게 아무리 화가 난다고 해도 그렇게 마구잡이로 상처를 주는 건 아니었다. 난 수술을 앞둔 환자였다. 그는 말로 하는 것도 모자라 환자 침대에 벌렁 누웠다. 나는 차마 비키라는 말도 못 하고 링거를 꽂은 채 환자 침대 아래 보호자 자리에 앉았다. 비참했다. 소리 죽여 울면서 생각해봤다. 내가 뭘 잘못한 걸까? 왜 이런 죗값을 받는 걸까? 잘못이 있다면 내 몸을 너무 함부로 다뤘다는 것이다. 내 몸을 불살라 모든 것이 제자리로 돌아가준다면 괜찮다는 생각으로 하혈을 하건, 길을 가다 쓰러지건 종합검진을 받을 생각도 않고 몸을 함부로 했다. 그때는 나를 희생해야 대가가 있다고 생각했다. 그래서 아파도 참고 또 참았다. 몸이 고통스러울수록 오히려 묘한 만족감을 느끼기도 했다. 정말 어리석었다. 바보 같은 짓이었다. 그런다 한들 누구도 알아주지 않는데.

수술을 받고 돌아와 여전히 환자 침대에 누워 있는 그의 발 아래서 고통에 몸부림치며 몸을 뉘었다. 지칠 대로 지쳐 깜빡 잠이 든 순간 꿈을 꿨다. 그 꿈속에서 천국을 보았다. 꿈속으로 들어가니 금으로 치장한 성들이 있고 내 뒷모습이 보였다. 그리고 눈앞 성 아래 아름다운 마을이 펼쳐졌다. 꽃이 눈처럼 무수히 떨어져 내렸다. 떨어지는 꽃들 사이로 거대한 꽃이 보였다. 저 꽃에 맞으면 큰일 나겠다 생각한 순간, 그 꽃이 내

품에 떨어져 가볍게 안겼다. 그때 꿈에서 이렇게 말했다.

"이거였네요. 나의 천국이 있네요."

교회를 다니기 시작한 건 둘째를 낳고 한 달 만이었다. 남편 쪽 지인이 함께 교회에 가자고 했다. 거절하기 뭣해 젖먹이를 재우고 분유를 타놓고 그의 허락을 받아 나갔다. 부흥회를 한다고 했다. 처음 가본 곳이라 영 어색해서 뒷자리에 가만히 앉아 주변을 둘러봤다. 사람들이 찬양을 하기 시작했는데 그 풍경이 너무 낯설었다. 조금 지나니 여기저기서 중얼중얼하며 박수를 쳐댔다. 다들 왜 저러는 거지? 조금 무섭기도 했다. 지금이야 방언이 터지는 자연스러운 일이라는 걸 알지만 그때는 아무것도 몰랐다. 목사님이 설교를 하는데도 듣는 둥 마는 둥 눈만 동그래져서 주변을 두리번거렸다.

그런데 문득 눈물이 떨어졌다. 한두 방울 떨어지던 눈물이 폭포수처럼 쏟아지기 시작했다. 그 자리에서 나는 살면서 겪은 모든 일을 회개했다. 나도 모르게 마음이 편안해지면서 누군가 나를 어루만지는 느낌이 들었다. 아, 이것이 하나님의 손길이구나. 아버지 없이 자란 나에게 든든한 아버지가 되어주시는구나. 나도 이제 마음 놓고 투정 부릴 수 있는, 믿고 의지할 수 있는 백그라운드가 생겼구나. 순식간에 주님과 사랑에 빠졌다. 모든 교인들이 떠날 때까지 나는 자리를 뜰 수 없었다.

부흥회를 마치고 교회를 나서는 나는 들어설 때와는 전혀 다른 사람이 되어 있었다. 집으로 돌아오는 길, 나무와 공기가 나에게 말을 거는 것 같았다. '사랑이 시작되었구나. 축하한다. 서정희'라고.

그 후로 큰아이 손을 잡고 작은애는 등에 업고 교회에 다니기 시작했다. 젖병, 기저귀, 온갖 걸 싸서 들고 다녔다. 큰아이 여섯 살 때 처음으로 미국에 있는 친정으로 나들이했는데, 그때까지 나는 어린아이가 어린아이 둘을 키우면서 어디 기댈 곳 하나 없는 처지였다. 친구도 없고, 마음 나눌 이웃도 하나 없었는데 교회에 가면 모든 사람이 환대해주었다. 그 공간이 그렇게 편안할 수 없었다.

그때 한창 바빴던 그는 내가 교회에 가는 걸 싫어했다. 어쩔 수 없이 몰래몰래 다닐 수밖에 없었다. 그러나 주일만큼은 그의 도움이 필요했다. 택시 잡기도 힘든데 아이 둘을 데리고 혼자 교회에 가는 게 벅찼다. 나는 그에게 사정했다. 제발 교회에 같이 가달라고 울며 매달렸다. 일주일에 한 번 함께 교회에 가주면 나머지 날들에 대해서는 묻지 않겠다고 설득해 결국 그와 함께 교회에 나가기 시작했다.

이처럼 외롭던 내가, 많은 것을 교회에 의지하던 내가 꿈에서 천국을 본 것이다. 그러나 곧 꿈에서 깨어났다. 눈을 떠보니 옆에는 매몰찬 남편이 있을 뿐이었다. 그때 남편을 보면서 마음을 고쳐먹었다. 나는 천국을 만났다. 저 사람은 아직 그걸 모른다. 주님을 모르기 때문에 저렇게 행동하는 거야. 저 사람은 분명 나를 사랑해. 단지 사랑의 표현에 서투르기 때문에 나에게 이러는 걸 거야. 남편은 나를 사랑해.

끊임없이 나에게 설명하고 세뇌했다. 아프니까 나 스스로 나를 이해시켜야 했다. 그때뿐이 아니었다. 나는 수시로 중얼거렸다. 서정희, 너는 남편의 사랑을 받고 있어. 네 남편은 너를 사랑해. 마치 시험을 앞둔 수험생 같았다. 정답을 잊지 않기 위해 열심히 외우고 또 외우는 수험생.

그리고 울면서 나를 다독였다. 이겨내야 해. 돈 많고 편안할 때만 아니라 힘들 때도 좋은 아내가 되어야 해. 나는 그런 아내야. 더 값진 아내 역할을 하기 위해 대가를 지불하고 있는 거야. 이걸 못 이겨내면 세상에서 뭘 할 수 있겠어? 이 악물고 해내자. 이겨내자. 스스로 다독이고 격려하면서 그렇게 하루하루 버텼다.

처음 그와 살게 됐을 때 했던 다짐이 있다. '개그맨이라고 해서 사람들이 우습게 볼 수 있으니 내 사람이 무시당하지 않도록 받들어줘야지. 시작이 어떻든 이제 저 사람이 내 남편이고 나는 저 사람의 아내이니 남편을 높이는 건 나를 높이는 거야'라고 생각하고 그를 위해 노력했다. 그의 인격을 높이기 위해 이중적인 다른 모습에는 모두 침묵했다.

나는 늘 그에 대한 사랑을 나 자신에게 설명해야 했다. 옳다고, 맞다고, 최고의 선택이었다고 나 자신을 납득시키기 위해 설명하고 또 설명해야 했다. 가정을 아름답게 꾸미면 나의 과거는 덮일 거라는 어리석은 생각. 무엇이든 참고 견뎌야 한다는 착각. 완벽한 아내, 완벽한 엄마가 되기 위한 몸부림. 엔딩 신을 미리 써놓고 숨 쉴 틈 없이 달려왔지만 허사였다.

사랑은 그냥 사랑이어야 했다. 하나님의 사랑을 내가 '그냥' 느낀 것처럼. 설명하려는 건 이미 사랑이 아니었다. 일부러 사랑한다 다짐하지 않아도 모든 것이 사랑스러운 순간이 오는 것이 사랑이다. 두근거림이 설렘이 아니라 두려움에 기인한 것이라면 그것은 사랑이 아니다. 잘못된 걸 바로잡겠다는 건 욕심이었다.

혹시라도 누군가 나와 같은 어리석은 선택을 했다면 지금이라도 진실한 자신의 마음을 들여다보길 바란다. 그것이 당신을 살리는 길이 될 거라고 나는 감히 말해주고 싶다.

억지로 다그치고 설명하는 사랑은 사랑이 아니다. 좋은 것을 먹어도, 좋은 곳에 살아도 내 마음이 불편하면 사랑이 아니다. 웃고 있는 모습이 행복한 것 같아도 마음속으로 우는 건 사랑이 아니다. 사랑도 나무처럼 물을 줘야 하는데 나에게 물을 주는 사람이 없는 건 사랑이 아니다.

그 사람이 아니라는 걸 알기까지 이렇게 많은 시간이 걸렸다.

사랑은 그냥 사랑이어야 했다.
하나님의 사랑을 내가 '그냥' 느낀 것처럼.
설명하려는 건 이미 사랑이 아니었다.
일부러 사랑한다 다짐하지 않아도
모든 것이 사랑스러운 순간이 오는 것이 사랑이다.
두근거림이 설렘이 아니라
두려움에 기인한 것이라면 그것은 사랑이 아니다.

○

그때는 그도 나였다

마지막까지 모두에게 함구하며 남편을 지켰던 건 남편이 곧 나의 자존심이었기 때문이다. 나는 늘 그를 높여줬다. 그와 결혼해 가정을 꾸린 이상 그는 나였고, 나는 그였다.

함께 살기 시작할 때 그는 번 돈을 몽땅 나에게 가져다줬다. 내가 사회생활을 하는 건 극도로 싫어했지만, 풍족하게 살게 해주려고 노력했다. 불규칙한 수입의 대부분을 나에게 주고 그는 지갑에 지폐 한 두 장만 넣어가지고 다녔다. 일하면서 돈 쓸 일이 적지 않았을 텐데도 그랬다. 그 마음을 모르지 않아 나도 내가 할 수 있는 일을 했다. 덕분에 우리 살림도 한 계단씩 업그레이드 됐다. 내가 일을 하진 않지만 함께 일구어 나간다는 기쁨이 있었다. 나는 안에서, 그는 밖에서 최선을 다했다.

집에서 나는 최고의 아내가 되고자 했다. 편리한 것보다는 조금 손이 가더라도 남편이 좋아하는 쪽을 택했다. 남편은 시골에서 자라서 그런지 맹물보다 숭늉을 좋아했는데, 그걸 끓이기 위해 꼭 밥을 눌렸다. 덕분에 편리한 전기밥솥은 써본 적이 없다. 냄비에 누룽지가 나오게 눌려서 밥을 하고 숭늉을 끓이고 매일 장을 봐다 남편이 좋아하는 반찬을 만들었다. 정작 남편이 밖에 있을 때 나는 끓여놓은 숭늉에 밥을 말아 김치에 허기를 채우고 말았다. 밖에서 남편이 힘들게 버는데 괜히 나 혼자 잘 차려 놓고 먹기 미안했다.

그즈음 남편도 잘 아는 지인들과 약속이 있어 호텔 찻집에 갔는데 차향이 너무 좋고 맛있었다. 나는 주방장을 잠깐 만날 수 있는지 물었다. 어떤 차를 어느 정도 양으로 어떻게 우리는지 물었다. 인터넷도 없고 주변에 변변한 실용서도 없을 때다. 좋은 게 있고 맛있는 게 있으면 일단 묻고 봤다. 당돌한 젊은 여자의 갑작스런 질문이었지만, 남편에게 해주려 한다는 말에 전문가들은 흔쾌히 노하우를 알려주곤 했다.

아무것도 모르고 시집가서 그렇게 하나하나 남편을 위해 알아가고 노력했다. 남편이 라디오 DJ를 할 때, 갓 지은 밥으로 예쁘게 꾸민 도시락을 들고 동주를 업고 방송국에 가는 길이 그렇게 즐거울 수 없었다.

옷도 동대문이나 남대문에 가서 싸고 예쁜 걸 찾았다. 코디네이션만 잘 하면 얼마든지 멋스러울 수 있었다. 사치할 정도의 돈도 없었지만, 잘나가는 개그맨 아내라고 사치를 부릴 꿈도 꾸지 않았다. 남편의 꿈이 있었고, 나는 그 꿈을 지켜주는 것만으로도 행복했다.

어느 정도 자리를 잡고 나이를 먹으면서는 그가 밖에 나가 홀대받는 걸 원치 않았다. 남편이 못생겼다는 소리를 듣는 게 싫어 매일 얼굴에 팩을 해주고, 손발톱을 깔끔하게 다듬어주고, 머리부터 발끝까지 스타일을 만들어주었다. 남들이 보지 않는 잠옷 하나도 아무거나 입히지 않았다. 깔끔하고 단정하게, 갑자기 누가 들이닥쳐도 후줄근해 보이지 않도록 신경 썼다. 근사하다는 소리를 들었으면 했다. 그의 위치가 올라가는 건 곧 내가 올라가는 것이었다. 진실이 어떨지라도 그런 근사한 남자랑 사는 서정희라는 소리를 듣고 싶었다.

그를 위해 안마도 자주 해줬다. 밖에서 일하는 게 얼마나 힘든지 안다. 고마운 마음이 없지 않았다. 그의 억압과 감시에 시달리면서도 이게 내 가정이고 내가 있을 곳이라고 생각하며 최선을 다했다. 안마를 해주면서 나지막이 찬양을 부르곤 했다. 내 목소리로 재충전할 수 있었으면 했다. 그는 찬양을 들으며 안마를 받다가 스르르 잠들곤 했다.

그를 목사로 만든 건 내가 목사로 서고 싶은 욕심 때문이 아니었다. 무엇보다 주일을 지키고 싶었다. 나 혼자가 아닌 우리가 함께. 내가 원하는 건 대단한 게 아니었다. 지금 생각하면 억지스런 권유였지만 내가 바랐던 것은 그저 함께 기도하며 잠들고 주일을 지키는 것이었다. 그러나 그는 늘 핑계를 대며 주일을 거르기 일쑤였다.

연예계 비리, 주가 조작, 횡령 등 사건 사고가 끊이지 않을 무렵이었다. 그는 완전히 궁지에 몰려 있었다. 방송에서 불러주지 않았고, 어디서도 발붙이지 못했다. 단 한 군데, 교회에서만큼은 내 등 뒤에서 아직도 잘난 사람이었다. 나는 이때다 싶어 그에게 목사 안수를 받도록 권했다. 앞날이 보이지 않았던 그는 스스로 생각해도 그 방법뿐이라고 여겼는지 나의 제안을 받아들였다.

나는 그걸 계기로 그가 변화할 줄 알았다. 회개하고 새로 태어나 우리 가정이 따뜻한 주의 가정으로 오래도록 계속될 거라고 생각했다. 그러나 결국 나는 그와 함께 기도하며 잠들거나, 함께 찬양을 부르거나, 새벽기도를 마치고 집으로 돌아오는 길에 카페에 들러 따끈한 커피에 치즈 바른 베이글을 함께 먹는 소소한 행복을 누려보지 못했다. 정말 다 끝난 것이다.

셋

○

슬픔을 떠나 있기

사건 후 딸이 있는 미국 샌프란시스코로 떠났다. 엄마 혼자 두는 게 걱정됐던 딸이 어서 오라고 재촉했다. 당시 나는 당장 잘못된다 해도 이상할 게 없을 정도로 충격을 받은 상태였다.

딸의 집에서 며칠 쉬다가 딸과 함께 멕시코로 여행을 갔다. 최악의 컨디션이었고 트라우마 치료를 받기도 전이었다.

기분전환을 해야 한다는 딸의 손에 끌려 억지로 가다시피 했다. 그러나 여행은 그 자체로 힐링 프로그램이었다. 나를 아는 사람이 아무도 없는 곳에서 오랜만에 마음 편하게 쉴 수 있었다. 멕시코 날씨는 끝내줬다. 그야말로 환상적이었다. 아무것도 신경 쓰지 않고 편히 있다 보니 감기도 낫고 위경련도 멈추고 체중도 2킬로그램이나 늘었다. 잠도 잘 자고 마사지

153

도 받고 30년 만에 비키니 수영복도 입어봤다. 내 일생 처음으로 자고 싶을 때 자고 일어나고 싶을 때 일어나고, 모처럼 차분히 예배하고 묵상하고 기도하니 너무 좋았다. 딸이 내려준 처방전이 제법 잘 들었다.

딸은 분주히 나를 위한 스케줄을 짰다. 나는 모처럼 딸과 오붓한 시간을 보냈다. 리조트에 있는 스파에서 편안히 휴식하고, 바람을 가르며 제트스키도 탔다. 그러다 어느 날 밤에는 호텔 밖 마을에 나가보기로 했다. 전혀 다른 세상이었다. 안과 밖이 너무 다른 그 풍경이 마치 몰랐던 세상을 마주한 나 자신과 같았다. 그날 딸과 함께한 맛있는 저녁식사가 아니었다면 슬픔의 수렁으로 빠졌을지도 모른다. 하지만 그곳은 하늘의 푸른 입자가 내 몸 곳곳에 박히는 멕시코였고, 그곳에서만큼은 슬픔에 대해 깊이 생각하지 않기로 했다.

마음을 추스르고 식사를 마친 뒤 거리를 걷다 보니 담벼락에 어떤 문구가 적혀 있었다. 딸에게 해석을 부탁했다.

"당신들은 세상의 모든 꽃을 꺾을 수 있다. 하지만 봄이 오는 것을 막을 수는 없다."

라틴아메리카 작가들이 억압받던 시절, 유명한 시인 네루다가 쓴 글이라고 했다. 반가웠다. 네루다는 내가 참 좋아하는 시인인데 먼 타국에서 이렇게 만나다니. 그 문구 역시 너무나 마음에 와 닿았다. 그 문구가 탄생한 시대적 배경이나 정치 사상은 잘 모르지만, 그 말은 마치 '정희'라는 한 인간의 인생을 응원하는 것만 같았다.

담벼락 앞에서 나는 결국 참았던 눈물을 쏟았다. 나를 꺾을 수는 있지만, 내 안의 모든 것을 빼앗을 수는 없다. 내게 봄이 오는 것을 막지 못한다.

멕시코 여행은 딸이 결혼한 후 처음으로 함께한 여행이었다. 여행 기간 내내 딸이 휴대폰으로 내 사진을 찍어주었다.

"엄마, 기쁜 순간이잖아. 예쁘게 웃어봐."

다시 한 번 가족의 소중함을 깨달았다. 슬프고 속상한 날의 연속이었지만 딸과 함께하면서 기쁨이 찾아왔다.

멕시코 여행을 마치고 다시 돌아온 샌프란시스코는 바람이 참 심했다. 이래서 할리우드 영화를 보면 스카프를 쓴 여인들이 그렇게 많았구나 생각할 정도로. 멕시코와는 딴판인 날씨지만 괜찮았다. 샌프란시스코 산호세에 있는 팔로알토Paloalto라는 동네는 개인적으로 좋아하는 곳인데, 스탠퍼드대학이 있는 그곳이다. 그 근처에 스티브 잡스가 살았다고 한다. '다르게 생각하라Think Different'라는 스티브 잡스의 멋진 카피를 기억한다. 이 카피를 만들고 잡스가 울었다는 것까지도 내게는 감동이었다.

나 또한 다른 것을 보는 걸 좋아하는 사람이었다. 좀 더 긍정적이고, 발전적이고, 나를 살릴 수 있는 '다른 것'들을.

서울에서 자주 다니던 동대문, 신촌, 이태원. 평화시장, 광장시장 같은 곳을 거닐 때도 다른 사람들이 눈여겨보지 않는 것들에 집중했다. 간판, 간판의 글씨 모양, 길옆에 난 풀, 오래된 의자, 오래된 풍경…… 사람들이 그냥 지나치는 것들 앞에서 걸음을 멈추곤 했다.

샌프란시스코에서도 다른 것을 보고 다른 것을 생각했다. 조금은, 아주 조금은 치유가 되는 것 같았다. 봄이 조금씩 찾아오고 있었다.

◦

동주의 편지

여행이 끝나고 걱정이 됐는지 내가 한국으로 돌아온 후 딸아이가 휴가를 내고 찾아왔다. 고맙고 행복했다. 딸과 함께 있으니 마음에 진짜 봄이 찾아왔다. 기뻐서 춤이라도 추고 싶었다.

　내가 기쁨을 느끼고, 행복하고 감사하다고, 사랑스럽다고 느낄 때의 패턴이 있다. 자기만의 감정의 흐름을 아는 것은 매우 중요하다고 본다. 그 패턴을 통해 자신의 상태를 알 수 있기 때문이다. 즉, 패턴을 알아내는 것은 다음에 어떤 일이 일어날지 아는 것과 같다. 슬픔이 오면 눈물이 나는 것처럼 또 다른 표현의 단계로 전환되는 과정을 이 패턴으로 알 수 있다.

　나는 몸짓으로, 노래로, 글로, 시로 감정을 표현하는 걸 좋아한다. 오랜만에 아이들을 만날 때는 인사를 건네기도 전에 이리 뛰고 저리 뛰며 그 기쁨을 몸으로 표현한다. 억양이 고조된 것으로도 나의 감정에 기쁨이 왔다는 걸 알 수 있다. 사랑한다고 굳이 말할 필요도 없다. 나의 눈빛이 이미 사랑의 패턴으로 바뀌었기 때문이다. 이런 패턴으로 나의 감정을 전하는 것이 나의 오랜 습관이다. 그래서 내가 기분이 좋을 땐 내 눈빛만 보아도 좋은 일이 있다는 걸 단박에 알 수 있다.

기분이 좋을 때 나는 감정을 숨기지 않고 신나게 웃는다. 이른 아침 커피를 마시러 가다가도 기분이 좋으면 사람이 있건 없건 춤을 춘다. 거창한 춤이 아니라 펄쩍펄쩍 뛰고 팔을 휘젓고, 저절로 몸이 움직인다. 그럴 때 심장이 쿵쾅거리는 느낌을 참 좋아한다. 살아 있는 느낌이니까.

내가 뛰어다니는 모습도, 나무늘보처럼 천천히 걷는 모습도, 그리고 춤이랍시고 로봇처럼 딱딱하게 팔을 꺾는 모습도 다 어설프지만, 그 모든 것이 세상을 향한 사랑의 표현이다. 감정이 격해져서 가끔 방언을 하기도 하고, 때로는 성경 말씀을 듣거나 음악을 듣기도 하는데 그런 것들을 반복하면서 결국은 행복을 느낀다. 시스템이 역동적으로 가동되는 순간이다.

내가 감정을 표현하는 또 하나의 방법은 바로 글쓰기다. 공기를 천천히 들이마시고 심호흡을 하면서 마음속의 것을 글로 나타내본다. 그 글은 때로 시가 되기도 하고 수신인도 없는 편지가 되기도 한다. 씻고 빨래하고 청소하고 기도하는 것 또한 나의 즐거운 감정 표현의 패턴 중 하나다.

이런 감정의 패턴을 한동안 잃고 지냈다. 도무지 어떻게 해도 이 패턴이 돌아오지 않았다. 그런데 딸이 한국에 들어와 함께 있게 되면서 다시 기쁨의 패턴 속으로 돌아왔다. 그래서 시를 쓰고, 노래를 흥얼거리고, 몸을 움직였다. 아주 오랜만에 살아 있는 것에 감사하면서.

잠든 딸아이 옆에서 긴 편지도 썼다.

이제 나도 다른 삶을 살 수 있으리라는 생각까지 들었다. 점점 자신감이 생겼다. 두려움을 이겨내고 새로운 나를 찾아낼 수 있다는 자신감.

이 글을 쓰는 지금, 가슴이 벅차다. 새 땅에 움트는 새싹이 된 느낌이다. 앞으로 어떤 인생이 펼쳐질까?

기쁨의 패턴이 돌아온 것 같았다. 상처받은 영혼이 조금씩 치유되고 있는 느낌이었다. 역시 아이들은 나의 모든 것이다. 이제 다시 내 감정을 표현하는 연습을 해봐야겠다. 춤을 추고 노래를 하고 환하게 웃으며 기쁨에 넘치는 나의 패턴대로.

*

　나에게 기쁨의 패턴을 돌려준 동주가 얼마 전 편지를 보내
왔다. 읽으며 눈물이 쏟아졌다. 이번에는 기쁨의 눈물이었다.
고맙다, 딸. 우리 앞으로 신나게 살아보자.

　사랑하는 엄마에게

　그동안 엄마는 참 힘들었을 거야.

　매일 홀로 뜬눈으로 지새우던 밤들은 너무 길고 외로웠을 거야.

　엄마의 쓰라린 마음은 그 누구보다 내가 가장 잘 이해하잖아.

　작년에 엄마와 며칠을 지내고 샌프란시스코로 돌아오는 길,

　내 마음은 참 무거웠어.

　꼭 초등학생 딸을 집에 혼자 두고 나온 기분이 들었거든.

　이상하게도 언제부턴가 내가 엄마를 오히려 엄마처럼 걱정하고

　생각하게 되었네. 신기하지?

　하지만 엄마가 매일 보내주는 묵상을 읽다 보니 최근 들어서

　엄마가 많이 강해졌다는 걸 느꼈어. 이제는 좀 덜 걱정해도

　되겠구나 싶어서 마음이 놓여.

　<벤자민 버튼의 시간은 거꾸로 간다>라는 영화에선 주인공의

시간이 거꾸로 가기 때문에 나이가 들수록 육체는 어려졌지.

그런데 엄마를 영화로 만든다면 <정희의 시간은 멈추었다 다시 간다>

라는 제목이 아닐까 싶어.

열여덟 살에 멈추어버린 엄마의 시간은 이제 다시 시작이니까.

엄마는 참 다재다능하고, 여리다가도 갑자기 장군처럼 강해지고,

새침데기처럼 앉아 있다가도 장난꾸러기가 되는 복잡한 여인이지만,

아이스크림 하나에 기분 좋아지는 천진한 아이 같기도 하지.

그런 엄마가 이제 한 여성으로서 세상에 발을 내딛고 새로운 시작을

하게 된 걸 진심으로 축하하고 응원해.

나는 엄마가 잘해낼 거라고 믿어.

그러니 엄마도 엄마 스스로를 믿고 힘든 순간들이 오더라도 포기하지

않았으면 좋겠어.

살다 보면 원래 그런 거잖아. 어려운 순간도 있고 그에 반해

즐거운 순간도 있지.

주변 일들에 일일이 반응하지 말고 마음을 단단히 다져서 흔들리지

않는 나무가 되자.

나도 내 자리에서 열심히 엄마를 서포트할게.

우리는 모녀이기도 하지만 인생을 함께 가는 파트너이기도 하니까.

사랑해, 엄마. 그리고 축하해!

엄마의 딸 동주가

엄마는 참 다재다능하고,
여리다가도 갑자기 장군처럼 강해지고,
새침데기처럼 앉아 있다가도 장난꾸러기가 되는 복잡한 여인이지만,
아이스크림 하나에 기분 좋아지는 천진한 아이 같기도 하지.
그런 엄마가 이제 한 여성으로서 세상에 발을 내딛고
새로운 시작을 하게 된 걸 진심으로 축하하고 응원해.

○

엄마를 배우다

딸 이야기를 했으니 이번에는 엄마 얘기다. 사건 직후 집을 나와 갈 곳이 없어 친척 집 골방 신세를 졌다. 두 달쯤 지나 여덟 평 오피스텔로 옮긴 지나 남양주 별내 신도시 아파트를 거쳐 지금까지 엄마와 함께 살고 있다. 그러니까 이혼 후 엄마가 나의 새 가족이 됐다. 어려서는 엄마가 일하느라 바빠 함께할 시간이 없었고, 좀 자라서는 내가 너무 일찍 엄마 품을 떠나는 바람에 또 함께하지 못했다.

아이 낳고 키우면서 가끔 엄마가 우리 집에 다녀갔지만, 늘 손님 같았다. 성격이 살갑지 않은 딸이라 나의 의무와 도리만 했지 엄마와 마음 터놓고 시간을 보내진 못했다. 게다가 남편의 흠은 내 흠이라고 생각해 늘 함구했으니 별일 없이 잘사나 보다 했던 엄마가 누구보다 놀랐을 것이다.

엄마와 처음 함께 살게 된 여덟 평 오피스텔은 숨이 막힐 듯 작은 공간이었다. 이모네 있을 때 울진에 있는 기도 공동체에 세면도구도 없이 손가방 하나 달랑 들고 내려간 적이 있었다. 동네 구멍가게에서 칫솔을 사고 속옷을 손으로 빨아 입으며 대충 묵다 왔는데, 오피스텔은 그곳 작은 기도방만 했다. 들어서자마자 신발장이 있었고 왼쪽에 작은 싱크대가 보였고, 그리고 비좁은 화장실이 있었다. 싸구려 침대 하나와 마트에서 산 행거, 화장대, 책상, 장식장 역할을 겸한 만능 책장 하나가 놓인 작은 공간.

태어나서 처음으로 누구의 간섭도 없이 내 마음대로 할 수 있는 나만의 공간이 생겼는데 나는 전혀 기쁘지 않았다. 자유를 얻었는데 날아갈 것 같은 행복도 없었다. 그곳에는 그저 가정생활에 실패하고 다시는 일어설 수 없을 것 같은 쉰 살의 여자가 있을 뿐이었다.

매트리스가 너무 딱딱해 몇 시간 누워 잘 수가 없었지만 굳이 바꾸지 않았다. 스스로에게 고통을 주는 것으로 상황을 이겨내려고 했다. 딸에게 연락하려면 시차 때문에 밤늦게 전화해야 하는데 주무시는 엄마 곁에서 전화도 편히 못 했다. 아이의 목소리를 듣고 싶었지만 참아야 했다. 참자, 내가 뭘 잘못해서 이렇게 된 거라면 견뎌야 한다. 나는 모든 상황을 나 자신에게 고통을 주는 쪽으로 선택했다.

갑자기 떠안겨진 자유가 너무 낯설어 한동안은 어떤 지시를 받아야 할 것 같아 안절부절못했다. '허락을 받아야 하는데……' 이런 마음이 계속됐다. 전화를 기다렸다. 전남편과 살 때 전화를 곧바로 받지 않으면 불호령이 떨어졌다. '전화를 못 받으면 혼날 텐데……' 이러면서 휴대폰을 옆에 두고 서성였다. 불안을 참지 못해 하루에도 골백번 현관문을 확인했다. 이미 잠겨 있는 잠금 장치를 확인하고 또 확인하고, 하고 또 하고. 잠시 앉아 있다가 후다닥 일어나 현관문으로 달려갔고 창문이 제대로 잠겼는지 수없이 확인했다.

"정희야, 너 왜 그래? 미쳤어? 문 잘 잠겨 있잖아. 정신 차려."

"엄마, 나 너무 무서워. 문을 부수고 그 사람이 들어올 것 같아. 이러다 정말 미쳐버릴 것 같아."

창문을 열지 못했다. 덥거나 춥거나 잠금 장치는 늘 잠겨 있었다.

엄마가 볼일을 보러 나간 날이었다. 목이 말라 물을 찾았는데 마침 물이 똑 떨어졌다. 아무리 뒤져도 마실 물 한 방울이 없었다. 갈증이 심해서 목이 타들어갈 것 같았다. 엘리베이터를 타고 내려가면 바로 아래 편의점에서 물을 살 수 있었지만, 내가 할 수 있는 것이라곤 마른침을 삼키며 엄마를 기다리는 것뿐이었다. 혹시라도 그 사람과, 그의 하수인들과 마주칠 것 같은 공포 때문이었다. 결국 그날 나는 편의점에 가지 못했다. 갈증을 참지 못해 비린 수돗물을 먹으며, 물 한 통도 사지 못하는 나는 살 가치 없는 쓰레기 같다고 생각했다.

잘 때는 항상 빗자루 같은 긴 막대기와 성경책 그리고 십자가를 침대 옆에 두었다. 무기가 있어야 할 것 같았다. 불시에 누군가 들이닥쳐 나를 해할 것 같은 공포감에서 놓여날 수 없었다. 내가 나를 보호해야 한다고 생각했다.

스스로 잠근 창으로 햇살이 비치면 가끔 총을 어떻게 구할 수 있을지 연구하곤 했다. 이태원에 가면 있을까? 택시 타고 가면 되나? 총을 구하면 누구부터 쏘지? 제일 먼저 그 여자를 쏘고, 그를 쏘고, 다음에 나를 쏘자. 인터넷으로 총을 구할 수 있는 법을 찾아볼까? 총, 총이 있었으면 좋겠다. 그것이 가장 빠르고 간단하게 이 고통을 끝낼 수 있는 길일 텐데. 총으로 다 끝내버리면 뉴스에는 어떻게 나올까? 사람들이 가슴 아파할까? 고소해할까? 아이들은 어쩌지? 우리 애들 상처받을 텐데 어쩌지? 아니다, 그건 애들 몫이다. 나는 지금 내 생각만으로도 벅차다. 미안하다, 애들아.

그러다 문득 고개를 들어 창문이 꼭 닫힌 좁은 방을 둘러봤

167

다. 어떤 연예인은 화장실에서 목을 맸다는데, 내가 있는 곳은 천장이 너무 낮아 성공률이 희박할 것 같았다. 그러다 덜덜덜. 밖에서 공사하느라 땅을 파는 소리가 들리기 시작하면 소음을 견디지 못하고 창문을 열고 뛰어내릴까 생각하기도 했다. 스물네 시간 같이 있는 엄마는 어떻게 밖으로 내보내지? 나갔다가 금방 들어와버리면 어쩌지? 죽기도 전에 발견되면 쇼를 했다고 언론에서 떠들어댈까?

다 싫다. 공사하는 소리도 지긋지긋하고, 이렇게 답답한 것도 싫고, 이렇게 된 내가 싫다. 고민하지 말고 그냥 확 뛰어내려버리자. 하지만 여긴 고작 3층인데, 떨어져봤자 죽지 못하고 몸만 못쓰게 되는 거 아닐까? 괜히 우리 애들한테 짐이 될 뿐인가? 어떻게 죽어야 편하지? 난 내 마음대로 죽지도 못하는 건가?

생각이 꼬리를 물고 결론 없이 종착역에 닿으면 그때부터 나는 울기 시작했다. 옷이 다 젖고, 진이 다 빠지도록 울었다. 머리를 쥐어뜯으며 울다가 사지를 떨면서 경기를 하면 보고 있던 엄마도 울었다.

"그래! 같이 죽자. 나도 못살겠다. 내 새끼 이러는 거 나도 더는 못 보겠다."

"엉엉엉…… 아아아아……."

"넌 살아. 네가 뭘 잘못했다고 그래. 넌 살아. 악착같이 살아. 그놈 내가 쏴 죽이고 다 늙은 내가 감옥 갈 테니까 너는 살아. 응?"

엄마를 부둥켜안고 울다 울다 기운이 다 빠지고 나서야 울음을 멈출 수 있었다.

할 수 있는 것들을 못 하고, 하지 말아도 될 것들을 하면서 스스로 고통을 주고 통곡을 하는 시간이 반복됐다. 그렇게 지쳐 쓰러져 갔다. 결혼 초기 싱크대에 들어가, 붙박이장에 들어가 잘 때처럼.

다시 시작인 건가? 결혼생활을 시작할 때와 끝날 때의 내 모습은 어떻게 이렇게 같을까? 비참했다.

치료를 시작했다. 일주일에 한 번 상담 치료, 이 주에 한 번 약물 치료였다. 일 년 육 개월 동안 치료를 받았고, 현재는 어떠한 치료도 받지 않는다. 당시에는 치료를 받으러 가서도 마찬가지였다. 얘기를 시작하면서부터 눈물이 터져 나왔다. 선생님은 몇 시간씩 이야기를 들어주면서 할 수 있다고 격려해 주었다. 그렇게 살지 말라고 안아주고, 혼자서 더 잘해낼 거라고 용기를 주었다. 하지만 하루아침에 쉽게 나아지지는 않았다.

아마 그때 엄마가 곁에 없었으면 죽음을 선택했을 것이다. 살 생각을 안 했다. 혼자 살아나갈 엄두가 나지 않았다. 언제든지 죽을 각오였기 때문에 머그잔도 얻은 것 몇 개, 젓가락도 나무젓가락, 냄비도 얻은 것으로 대충 살았다. 갖춰놓을 필요가 없었다. 그렇다고 과거로 돌아가고 싶지는 않았다. 그렇게 고통스러워하면서도 절대로 예전으로 돌아가고 싶지는 않았다. 그래서 더 죽을 생각을 한 것 같다. 앞도 뒤도 캄캄한 상황, 선택은 죽음뿐인 듯했다.

어린 시절 늘 엄마를 기다렸지만 엄마에 대해 그리 애틋한 마음은 없었다. 외할머니의 잔소리가 싫었고 그나마 마음 편히 이야기할 수 있는 가족이 엄마였기 때문에 날마다 엄마를 기다렸다. 그렇다고 엄마랑 붙어 앉아 종알종알 대화를 나누는 사이도 아니었다. 일을 마치고 돌아온 아빠가 특별한 걸 해주지 않아도 아이들이 아빠를 기다리는 것과 비슷한 심정이었다.

솔직히 말하면 엄마를 사랑해본 적이 없다. 아니 엄마의 마음을 제대로 이해해본 적이 없다. 젊어서 남편을 여의고 젖먹이까지 아이 넷을 키우느라 얼마나 고생했을까, 하는 생각이 들어도 딱히 불쌍하다는 마음은 없었다. 자식으로서 도리를 해야겠다는 생각이 전부였다.

170

서로 닮은 게 없는 엄마와 나는 서로를 이해하지 못했다. 엄마는 엄마대로 화만 냈다. 며칠을 사라졌다가 갑자기 나타나 결혼을 하겠다더니, 결혼해서도 남편과 자식한테 절절매며 올인하더니, 결국은 비참한 결말을 맞고 돌아온 딸이 속상했을 것이다. 나는 나대로 옷도 대충 입고 자신을 꾸미지 않는 엄마에게 배울 게 없다고 생각했다.

엄마에 대해 아는 것도 별로 없었다. 오피스텔 작은 공간에서 둘이 부대끼며 사는데 잘 때마다 곤욕이었다. 스트레스로 쉽게 잠들지 못해 불면증이 왔는데, 살짝 잠이 들려고 하면 엄마가 코를 골았다. 그럴 때면 옆에서 자는 엄마를 다리로 툭 밀며 짜증을 냈다.

신기한 건 그러면서 엄마와 정이 들었다는 사실이다. 자연스럽게 스킨십이 오가고, 대화가 많아지고 우리는 서로 몰랐던 것을 알아갔다. 그전에는 엄마와 내가 하나도 안 닮았다고 생각했다. 생활력 강하고 억척스럽기만 한 우리 엄마. 반면에 예술적인 것에 끌리고 사소해 보여도 예쁜 것에 마음을 뺏기는 나와는 공유할 거리가 별로 없었다. 그런데 알고 보니 엄마도 나도 청소를 깔끔하게 하고, 초저녁잠이 많고 아침 일찍 일어나는 새벽형 인간이었다. 자식한테 목숨을 거는 것도 닮은 점 중 하나였다. 그렇게 나도 반쪽은 엄마의 것이라는 걸 알게 되었다. 우리는 서로의 외로움을 다독이며 가까워졌다.

버스 타고 지하철 타고 계단을 내려가고 올라가고, 그리고 한참을 걷고 다시 버스를 기다려서 타는 과정을 그즈음 엄마가 가르쳐줬다. 엄마는 쉰이 넘은 딸을 초등학교에 갓 입학한 아이에게 하듯 하나하나 알려줬다. 엄마는 능숙했다. 늘 반복하는 생활이라고 했다. 나는 엄마가 그런 생활에 익숙하다는 게 가슴 아팠다. 엄마는 이렇게 힘들게 다녔구나. 내가 내 가족들만 돌보며 살아갈 동안 엄마는 한 걸음 한 걸음 엄마의 인생을 살았구나. 그리고 지금 이렇게 다시 내 곁에서 버팀목이 되어주고 있구나. 내 앞을 저만큼 앞서가는 엄마의 모습을 보면서 나는 아직 멀었다고 생각했다.

지난 2년간 엄마와 단둘이 살면서 비로소 엄마를 사랑하게 됐다. 또 엄마가 나를 얼마나 사랑하는지도 알았다. 55년 만에 엄마를 독차지하고 어릴 적 부리지 못한 어리광을 맘껏 부렸다. 엄마는 나를 보호하기 위해 애썼다. 세상 사람들이 쏟아내는 화살을 막아주는 든든한 울타리였다.

요즘은 일부러 아는 것도 모르는 척하며 엄마 앞에서 아기가 된다. 엄마는 자기 손으로 철부지 늙은 딸에게 밥을 지어 먹이고 건강식을 해주면서 기뻐한다. 당신이 딸에게 뭔가를 해줄 수 있다는 것 자체로 행복하신 눈치다. 나 또한 엄마 덕분에 상처 난 마음이 잘 아물어가고 있다. 엄마를 기쁘게 하는 연습을 하면서 나는 회복되어가고, 엄마는 나를 지켜주기 위해 더 건강히 오래 살려고 애쓰신다.

어려서부터 정 없다는 말을 많이 들었다. 어린것이 입을 꾹 다물고 앉아 있으니 찬바람이 쌩쌩 분다며 어른들이 한 말씀이었다. 나는 단지 부끄러워 조용히 있었을 뿐인데. 요즘 엄마는 우스갯소리로 "우리 아이가 달라졌어요"라고 말한다. 소통하려 들지 않던 어려운 딸이 이제 진짜 엄마 품 안의 딸이 되어간다.

예나 지금이나 엄마는 힘들다는 말을 절대 꺼내지 않는다. 아파도 혼자 앓고 지나가지, 아프다고 하는 말을 들어본 적이 없다. 남들 앞에서 눈물을 보이지도 않고 당신에게 닥친 일에 담대히 맞서는 강인한 분이다. 이제라도 엄마에게 그런 모습을 배우면서 살고 싶다.

아픈 시간을 겪으면서 생각지 못한 여러 가지 선물을 받고 있다. 겪어보니 인생은 좋은 일만 일어나지도, 또 그렇다고 불행한 일만 일어나지도 않는다는 말이 딱 맞다.

。

감정 휴가

화려한 연예계 잉꼬부부에서 하루아침에 빈털터리 이혼녀가 되어 돌아온 딸에게 엄마는 늘 잔소리를 했다.

"넌 왜 이렇게 튀니? 어딜 가나 왜 이렇게 눈에 띄게 굴어? 이제부터 평범하게 조용히 남들처럼 살아."

절규하다시피 잔소리를 했다. 엄마는 딸을 바꿔놓는 것이 세상으로부터 보호할 수 있는 유일한 방법이라고 생각했다. 차를 새로 구입할 때도 엄마는 흔하디흔한 회색을 고집했다.

"그만큼 눈에 띄었으면 됐어. 또 무슨 소리를 들으려고. 그냥 제일 평범한 걸로 해."

작은 액세서리 하나를 사도 독특한 것을 좋아하는 나였다. 그동안 내 스타일이 튀어 보였다는 걸 아는 나는 엄마 말에 순응했다. 나조차도 그동안 나의 삶 자체가 큰 죄처럼 느껴졌기 때문이다.

오랜 세월 나는 '위화감 조성하는 여자' 또는 '기죽이는 여자'였다. 잘 차려놓고 초대를 해도 욕을 먹었던 것처럼 뭘 해도 좋은 소리를 못 들었다. 안티 팬도 많았다. 그들은 나에게 아픈 가시인 한편 동반자였다.

엄마만이 아니었다. "이제 제발 다 내려놔라." 주변 사람들이 한결같이 나에게 했던 말이다. 혼자 살기 시작하면서 지겹도록 들었다.

아이들이 같은 유치원, 같은 초등학교에 다녀서 친하게 지냈던 한 언니는 나에게 현실 감각을 익혀야 한다고 걱정스럽게 말했다.

"동주 엄마, 내가 자기를 잘 알잖아. 오로지 가족밖에 모르고, 그저 아이들 아니면 남편, 집안일에만 신경 쓰느라 세상 물정을 너무 모르는 것 같아. 밖에 좀 나가서 사람들이랑 어울리면서 남처럼 편하게 지내봐."

달라져야 한다는 말에 나는 고개를 끄덕거렸다. 오랫동안 가족 모두가 친하게 지냈던지라 그녀는 나를 정말 잘 알았다.

"자기 엄마한테 들어서 천성이 그렇다는 것도 알아. 어릴 적부터 학교, 집밖에 몰랐다며. 그래도 이제 혼자서 세상 헤쳐나가려면 씩씩해야지. 그리고 얼마나 좋아. 저렇게 든든한 엄마도 계시고. 요즘 우리 나이엔 늙으신 부모님 돌봐드려야 하는데, 오히려 자기는 엄마가 잘 챙겨주시잖아. 그러니까 힘을 내고 할 수 있다고 생각해. 자기 성격에 맘만 먹으면 못 할 게 뭐 있어. 예전 습관 버리고 이제는 좀 내려놓고 편하게 지내. 응?"

언니의 말에 내가 분위기를 바꾸려고 농담으로 남자를 소개해달라고 조르면 언니는 이렇게 받아쳤다.

"너는 남자를 알기 전에 세상을 알아야 해."

지인의 진심 어린 위로와 충고. 다 맞는 말이었다. 나 또한 내가 억겨웠다. 하루라도 집안일을 거르면 큰일 나는 줄 알았다. 나만의 매뉴얼을 가지고 매일 청소를 했고, 소재별 빨래하기의 달인이 되었을 만큼 매일 삶고 빨고 널기를 반복했다. 빨래 삶기가 취미라고 할 정도로 빨래는 나의 주 종목이었다. 쇼핑을 자주 하기보다 좋은 물건을 오래 쓰자는 주의라 올바른 세탁과 보관은 내가 갖춰야 할 필수 능력이기도 했다. 옷이나 섬유에 붙은 소재 설명서를 사전 읽듯 꼼꼼하게 숙지했다. 깨끗하고 편안한 걸 좋아해 침구부터 커튼, 타월까지 리넨 패브릭이 많았는데 다 각각에 맞게 매일 세탁했다. 그러다 보니 리넨의 종류에 따라 삶는 시간이나 세제 양 등도 눈대중으로 정확하게 맞출 수 있는 경지에 올랐다.

그런 환경을 만드는 것이 바로 내 임무라고 생각했다. 혹여 밖에서 남편이 가볍게 보일까 봐 스타일에 매일 신경을 써줬다. 안팎의 모습이 다르지 않게 하려고 집 안에서 걸치는 옷까지 좋은 것들로 챙겼다. 아이들도 깔끔하게 차려입어야만 집을 나설 수 있도록 했다. 집 안 구석구석 허술해 보이지 않도록 정성스럽게 꾸미고 채워놓았다. 가족들의 건강을 위해 엄선한 재료로 요리하고, 물 한 잔을 내놓아도 건강과 풍미를 생각했다. 그렇게 노력하고 또 노력했건만 결과는 상상도 못 한 것이었다.

나의 생각과 행동들이 이런 결과를 몰고 왔다고 생각하니 끔찍했다. 다 부수고 싶었다. 내가 지닌 그런 습성을 깡그리 제거해버리고 싶었다. 물리적인 수술을 해서라도 제거할 수만 있다면 그렇게 하고 싶었다. 나중에는 내 얼굴을 쳐다보기도 싫었다. 아직도 곱다는 말에 화가 치솟고, 나는 왜 이렇게 생겨먹었나 생각하며 간단한 스킨케어도 하지 않았다. 완벽하게 정리 정돈하는 성격도 수술을 해서라도 없앨 수 있으면 없애고 싶었다. 간절하게 내가 아닌 다른 사람이 되기를 원했다.

그래서 그렇게 살아봤다. 내 모습이 아닌 나로 말이다. 침대 위에서 과자를 먹고, 아무렇게나 옷을 쌓아놓고 청소를 미뤄봤다. 반찬을 덜지도 않고 락앤락 플라스틱 통, 강화유리 통, 일회용 그릇 등 담겨 있는 그대로 대충 밥을 차려 먹었다. 조기축구회에서 받은 수건을 그냥 쓰고, 엄마가 시장에서 사온 천 원짜리 꽃무늬 휴지통을 받아들였다. 전에는 있을 수 없는 일이었다. 하지만 그러는 게 정신을 차리는 일이라고 모두들 입을 모아 말하니 그렇게 했다. 대충 해놓고 살면 몸도 마음도 편해지고, 그렇게 편한 게 바로 행복이라고 했다. 행복한 인생은 나 자신이 간절히 바라는 것이었다. 다시 행복해지고 싶었다. 이렇게 하면 편안해질까, 내 인생이 다른 방향으로 나아갈까, 생각하면서 필사적으로 애썼다.

그즈음 방송국 다큐멘터리 팀이 나를 촬영하러 왔다. 그때도 나는 최대한 조명을 낮추고, 꾸미지 않은 후줄근한 모습으로 보이도록 했다. 사람들이 원하는 건 그럼에도 불구하고 여전히 반짝거리는 서정희가 아니라 더 철저히 망가진 모습이었다. 그렇다면 그렇게 보여주자. 그래야 내 아픔을 이해해준다면 그렇게 하자. 나도 털털하게 살아보자.

그런데 오히려 그것이 병을 키우고 있었다. 다 내려놨는데 나아지기는커녕 가슴이 답답하고 스트레스가 쌓였다. 더 아팠다. 실패한 나를 버리고 새로운 나를 만들었지만 이상하게 전혀 행복해지지 않았다. 마음이 점점 낮게 깔린 먹구름처럼 가라앉았다. 속이 상해서 글을 썼다. 아프고 힘들 때 글을 쓰는 건 나의 오랜 습관이다.

하루이틀 글을 쓰다가 깨달았다. 나는 죽어가고 있었다. 더이상 서정희는 서정희가 아니었다. 나를 부정하는 건 이름을 빼앗긴 것보다 더 잔인한 일이었다. 절대로 내가 아닌 나로는 행복해질 수 없었다.

나는 원래 그런 사람이었다. 어려서부터 주변 구석구석이 깨끗해야 했다. 어릴 때 나는 손에 젖은 걸레 마른 걸레 할 것 없이 늘 걸레를 쥐고 있었다. 걸레를 들고 마루에 있는 자개장을 매일 닦았다. 손자국이 너무 싫었다. 누가 자개장을 사용하면 기다리고 있다가 바로 닦았다. 엄마도 외할머니도 시킨 적이 없었다. 그냥 깨끗한 게 좋아서 내가 스스로 찾아서 했다. 집 안 청소를 말끔히 해야 직성이 풀렸다. 교복 블라우스도 매일 빨고 다렸다. 칼라는 따로 녹말풀을 먹여 빳빳하고 단정하게 달고 다녔다. 주말이면 동생 운동화까지 새하얗게 빨아 널었다. 때가 타기 쉬운 책가방 손잡이에는 작은 천으로 커버를 만들어 씌웠다. 냄비 받침 하나를 상에 놓아도 마름모로 놓을까 정자로 놓을까 고민했다.

결혼해 살면서도 가족들에게 한 번도 흐트러진 모습을 보이지 않았다. 워낙 새벽형 인간인지라 가족들이 잠에서 깰 때 나는 이미 단정하게 매무새를 갖춘 뒤였다. 아이들이 눈을 뜨면 첫마디가 "엄마 어디 가?"였다. 지금도 아침에 눈을 뜨면 단정하게 옷을 갈아입고 가볍게 화장을 한다. 누가 불러도 오 분 안에 뛰어나갈 수 있는 모습으로 집에 앉아 있다.

매일 나를 가꾸고 주변을 단정하게 정리하는 일, 이왕이면 깨끗하고 예쁘게 치장하는 것, 이게 타고난 나의 성정이다. 이걸 바꾼다고 상황이 달라질 리 없고, 사람들이 이해해준다 한들 나 자신이 납득하지 못하면 불행한 일 아닌가.

50년 넘게 이렇게 살았는데 괜히 의식적으로 털털하고 허술한 척 행동하는 게 오히려 나에게는 가식이고 포장이다. 개인의 차이이고 각자의 취향일 뿐이다. 누군가는 개량한복을 입으면 편하다지만 나는 도시적으로 세련되게 꾸며야 편안하다. 왜 개량한복을 입은 사람은 소탈하고 솔직하다고 여기고, 나 같은 사람은 가식적이라고 손가락질받아야 하는가.

앞으로는 '나답게' 살 예정이다. 내 자아가 원하는 대로 몸과 마음을 부지런히 가꾸고 주변도 예쁘게 꾸미면서 당당하게 살 것이다. 그게 내가 편안해지는 길이다. 내 인생에 나보다 더 중요한 사람은 없다.

글을 쓰고, 그림을 그리고, 음악을 듣고, 하찮은 한 가지라도 하루에 하나씩 새로운 걸 발견하려고 노력하는 사람. 매일

해야 할 일을 미루지 않고 하루하루를 가꾸며 사는 사람. 그렇게 살아가며 모두들 하찮다고 했던 나의 하루를 되찾아가고 있다. 세상으로 나가 그 하찮은 것을 통해 나를 일으키기로 했다.

참 신기하다. 원래의 나를 찾기 시작하자 거짓말처럼 행복해졌다. 그제야 새 출발을 할 수 있을 듯한 에너지가 솟아났다. 답은 내 안에 있었다.

°

안녕하세요, 서정희예요!

"저…… 맞죠?" 남양주 별내 오피스텔에 살 때 근처 목욕탕에 가면 사람들이 있었다.

통곡이 오열이 되고, 오열이 울음이 되고, 울음이 참을 수 있는 눈물 몇 방울이 되어갈 즈음 엄마와 목욕탕에 함께 다니기 시작했다. 창문을 열 수 있게 됐고, 밖으로 나가 사람들과 부대끼며 거리를 걸었다. 새가 울고, 바람이 불고, 햇살도 가만히 내 걸음을 쫓아왔다. 많이 편안해졌다는 증거다. 그렇게 걸어서 긴 겨울과 여름을 보냈다. 그리고 다시 겨울이 왔다.

아침 일찍 목욕탕에 갈 때면 모자를 쓰고 큰 겉옷을 입었다. 가릴 수 있는 것들로 다 가리고 집을 나섰다. 하지만 목욕탕 안에서는 전부 헛일. 엄마 옆에 꼭 붙어 앉아 조용히 씻기만 하는데 쳐다보는 사람들이 하나둘 늘었다. 그러더니 그날 누군가 나에게 대놓고 물어본 것이다. 서정희 맞느냐고. 고개를 숙이고 잔뜩 쪼그라든 몸으로 네, 네, 하고 시선을 피하고 집으로 돌아왔다.

목욕탕에서의 일이 자꾸 떠올랐다. 이러지 말자, 세상에 나가자. 나는 죄인이 아니다. 이혼은 나의 의지가 아니었다. 다짐을 하고 다음 날부터 내가 먼저 인사를 했다. 걷다가도, 물건을 사다가도, 목욕탕에서도 사람들에게 인사를 건넸다.

"안녕하세요. 서정희예요."

이렇게 말이다. 나중에는 동네 아주머니들과 스스럼없이 이야기를 나눴다.

"잘 먹고 살 좀 쪄요."

걱정도 많이 해주고 격려도 많이 해줬다. 생각보다 세상에 내 편이 많았다.

그렇게 세상과 화해를 시작한 나는 나 자신과도 화해하기로 했다. 내가 좋아하는 것, 잘하는 것을 다시 찾아내 바라보고 칭찬해주기로 했다. 다시 일어서기 위해 내가 할 수 있는 것들을 생각했을 때 떠오르는 것은 오래전부터 내 마음속에 담았던 것들이었다. 음악, 그림, 글, 영상을 포함한 온갖 예술, 다양한 디자인으로 생활에 영감을 줬던 모든 것. 그것들과 함께 다시 세상에 한 발짝 다가가기로 했다.

그때 내가 지금껏 놓지 않았던 게 바로 글쓰기라는 것에 생각이 미쳤다. 책을 내자. 나의 솔직한 목소리를 담은 이야기가 있는 책을. 어찌 보면 무모해 보이는, 그러나 불가능하지만은 않은 계획은 이렇게 시작됐다. 나는 결국 책을 내야겠다는 무모한 계획을 세웠다.

계획했으니 실천해야 했다. 그동안 써온 글들은 짐 속에 섞여 이삿짐 보관소에 있었다. 나는 나의 생각과 이야기를 적고 그 아래 묵상의 말씀을 넣어 교회 지인들에게 편지처럼 보냈던 것들이 생각났다. 내 글을 가지고 있는 지인들에게 전화를 걸었다. 다행히 모두 적극적으로 동참해주었다. 흩어져 있던 내 글을 수집하고, 또 가지고 있던 글을 추리고 다듬었다.

추운 겨울에 시작한 수집이 반팔 옷을 입을 무렵 끝났다. 이 정도면 됐다고 생각했을 때 용기를 냈다. 막 여름이 시작되고 해가 조금씩 길어질 때였다.

사건이 일어나고 난 후 2년간 써 내려간 일기 같은 나의 원고를 아무도 책으로 내주지 않을 거라고 지레짐작한 게 사실이다. 하지만 일단 『바람과 함께 사라지다』를 쓴 마가렛 미첼처럼 원고를 들고 문을 두드려보자고 용기를 냈다. 만약 어느 곳에서도 내 원고를 받아주지 않는다면 나만의 책을 만들자. 기록들을 하나씩 더해나가자. 그것만으로도 서정희가 발견되는 일일 거라고 생각하고 무턱대고 출판사에 전화를 걸었다.

수많은 출판사 중 전화를 걸 만한 곳을 고르는 것이 첫 숙제였다. 어디다 전화를 걸까 하다가 일단 서점으로 향했다. 서점에서 무작위로 눈에 들어오는 제목, 마음에 드는 디자인의 책들을 구입했다. 그리고 집으로 와서 각 출판사의 연락처를 목록으로 작성해 전화를 하기 시작했다.

전화벨이 울리자 심장이 쿵쾅대고 식은땀이 흘렀다. 날이 덥기도 했지만 긴장하면 땀을 흘리는 체질 때문에 비 오듯 땀이 쏟아졌다. 거절에 대한 두려움, 바로 끊어버리고 싶은 유혹을 가까스로 참아냈다. 용기를 내야 한다고 내 안의 어떤 단단한 힘이 버틸 수 있게 해줬다. 출판사에서 전화를 받고 내 이름을 밝히고 담당자와 통화를 하는 내내 땀이 뚝뚝 떨어졌다. 전화를 받은 여직원은 이메일과 연락처를 남겨달라고 했다. 나는 조금 곤란하다고 말하며 담당자와 즉시 연결해줄 것을 부탁했다. 다행히 전화를 받은 담당자는 긍정적인 반응을 보였다. 원고를 읽어보고 다시 연락을 주겠다고 했다.

그 후 원고를 보내놓고 출판사에서 답변이 올 때까지 휴대폰을 손에서 놓지 못했다. 심장이 떨어질 듯 긴장된 나날이 지나고 연락이 왔다. 그렇게 일주일, 그리고 계약하기까지 또 일주일. 거절에 대한 두려움 때문에 가슴이 타들어가는 날들이었다. 이런 시간, 여러 과정을 거쳐 이렇게 내 이야기를 펼쳐놓게 되었다.

저, 맞죠……? 목욕탕에서 만난 낯선 여인의 인사 이후 매일 새로운 나를 만난다. 내가 모르고 있던 내가 반갑게 웃고 있다. 신기한 일이다.

"네가 무슨 인격이 있어!"

32년간 밥 먹듯 들은 말이다. 스스로 귀한 사람이라고 다독이며 매일 하루에 하나씩 무언가를 발견하려고 애쓰고, 아이들에게 부끄럽지 않도록 공부하며 노력하는데, 그런 말을 매일 듣노라니 영혼이 삭는 것 같았다. 내 영혼은 잔인한 말에 점점 더 짓눌렸다.

"네, 잘못했어요."

내 대답은 늘 한 가지였다. 마치 기계를 틀어놓은 것처럼 자동으로 흘러나왔다. 매뉴얼에 쓰여 있는 것처럼 질문이 끝나기 전에 바로 "네"가 나왔다.

마지막 정리를 하고 헤어질 때도 큰소리친 건 그 사람이었다. 반면 나는 한껏 쪼그라들어 아무 말도 못 했다. 매뉴얼처럼 처음부터 그렇게 설정된 관계 속에서 내가 할 수 있는 말과 행동은 제한적이었다. 그래서 사는 동안 나는 그런 사람이라고 생각했다. 혼자서는 아무것도 할 수 없는 사람이라고.

최근 1년간 운전한 거리가 3만 킬로미터를 훌쩍 넘는데, 이혼 전 7년 동안 몰았던 승용차의 주행거리가 1만 5천 킬로미터 정도였다. 매일 다니는 집 주변 길만 운전한 것이다. 나는 내가 그 길을 벗어나면 큰일 나는 줄 알았다. 가끔 길을 잃으면 어쩔 줄 몰라 울면서 그에게 전화를 했다. 올림픽대로가 뭔지, 강변북로가 뭔지, 경부 중부 고속도로가 뭔지, 도로 체계를 전혀 모르던 시절이었다. 제대로 차를 몰고 시원하게 달릴 엄두를 내지 못했다.

"넌 못 해. 네가 뭘 해!"

"발상이 나빠!"

이런 말을 늘 듣고 살았으니 나도 혼자서 할 수 있는 사람이라는 걸 상상조차 하지 못했다. 재판정에서 나는 혼절할 지경까지 이르러 정신을 차리지 못하고 소변 실수를 했다. 너무 두렵고 긴장했기 때문이다. 엘리베이터에서 죽음의 공포를 겪으면서 한 번, 재판정에서 또 한 번, 치욕스러운 실수를 두 번이나 한 것이다. 처음부터 그런 건 아니었다. 신혼시절 우리는 꽤 죽이 잘 맞는 부부였다. 그는 밖에서 나는 안에서 우리들의 가정을 제대로 꾸리기 위해 노력했다. 그 안에 '계산'이 들어가게 된 건 언제부터였더라. 그건 아마 일이 잘 풀린

후에 그렇게 된 것 같다. 초반에 남편의 첫 영화가 잘못됐을 때는 오히려 난관을 함께 극복하기 위해 한마음이 됐었다.

그때 집 한 채와 맞먹는 돈을 날리고, 먹을 거리가 없을 정도로 집에 돈이 없었는데 괜찮았다. 그는 꿈에 도전했고, 나는 동의했다. 실패했으나 아직 우린 젊었다. 아쉬운 소리를 해도 부끄럽지 않았다. 집에 먹을 게 없을 정도로 힘들어 아쉬운 소리를 해야 했는데도 괜찮았다. 아직도 기억난다. 오랜 인연인 지인을 찾아가 사정 얘기를 했다. 별이 빛나는 밤에 작가로 인연을 맺은 그녀는 엔터테이먼트 홍보 기획사 사장님으로 왕성한 활동을 펼치고 있었다. 집에 콜라 두 박스뿐이라고, 일이 이렇게 됐다고 이야기를 하니 그녀가 봉투에 돈을 넣어줬다. 나중에 서세원 씨에게 홍보행사를 부탁하겠다면서, 출연료를 미리 주는 것이라고 했다.

다행히 이후에 내가 모델로 활동하게 됐다. 논노라는 의류 브랜드 모델을 시작으로 여러 편의 CF도 찍었다. 그 동안 내 사회생활을 막았던 남편이 이번에는 나서서 에이전시를 자처했다. 아이들과 살아야 해서 그랬을 것이다.

우리의 관계가 이렇게 삐뚤어진 건 그렇게 힘들고 어려울 때가 아니라 잘 되고 난 후였다. 제작한 영화가 대박을 치고, 방송에서도 승승장구 하면서 그는 다시 나를 옭아맸다. 처음에 그랬듯 또 다시 자신의 테두리 안에 가둔 것이다.

신혼 때야 그게 사랑이라고 생각했지만, 이젠 더 이상 사랑이 아니라는 걸 알고 있었다. 그럼에도 나는 크게 반박하지 않았다. 그저 순응했다. 아이들 불안하게 괜히 집안에 불란을 만들고 싶지도 않았고, 잘못됐을 경우 세간의 손가락질도 두려웠다. 남편의 지나친 행동들을 묵인하고 넘어가게 됐다. 그러면서 자연스럽게 내 자신이 조금씩 사라져갔다.

남편은 나의 큰 단점을 알고 있었던 것 같다. 옳고 그른 것에 대한 잣대를 갖지 못한 나의 치명적인 단점을. 차분하게 나의 삶을 돌아보면 내 인생이 이렇게 흐르게 된 데에는 그 단점의 영향이 크지 않았나 싶다. 맞는 것과 틀린 것에 대한 구분. 그것 때문에 사랑과 구속을 성공과 실패를 늘 헷갈렸다. 가난한 어린 시절, 아버지의 부재에 대한 경험이 그저 내 가족을 지키고 그 울타리 안만 평온하면 된다고 생각했다. 그게 옳은 거라고 단정했다.

습관이라는 게 무섭다. 그런 식으로 지내다 보니 지배와 통치를 받지 않으면 그 상황이 더 힘들었다. 그래서 억압을 당연한 것으로 받아들였고 어느 순간부터는 오히려 자유로운 것이 불편했다. 누가 시킨 일을 하는 것에는 익숙했다. 그래서 시키는 일은 완벽하게 할 수 있는데, 나 스스로 제안하고 결정하는 것은 지금까지도 쉽지 않다. 내 안에 품고 있던 것들을 제거해버렸으니 한 인간을 죽인 것이나 마찬가지의 세월이었다.

허락된 건 집 안에서 할 수 있는 것뿐이었다. 나는 작은 칭찬을 듣기 위해 끊임없이 무언가를 했다. 어느 날은 수저받침을 만들고, 어느 날은 테이블보를 만들고, 어느 날은 가구를 옮겨 집안 분위기를 바꿨다. 어쩌다 툭 던지는 잘했다는 한마디를 듣기 위해 고군분투했다.

사실 나는 생활의 주도권은 뺏겼지만 내 안의 주도권만큼은 끝내 뺏기지 않았을지도 모른다. 내 안의 허기를 채우려고 남몰래 노력했고, 그런 속에서도 고통을 이겨내기 위해 숨어서 공부했다. 내 인생에 이혼이란 없다고 못박아놓은 시간이었다. 그 안에서 적응하고 참고 견디는 게 나의 길이라고 생각했다. 하지만 그러면서도 끝내 놓지 않았던 자아가 자유를 얻자 내 안에서 꿈틀대기 시작했고, 이제는 거침없이 제 모습을 드러내고 있다.

이혼 전 나를 알았던 사람들이 지금의 나를 보면 누구라도 깜짝 놀랄 것이다. 상상할 수 없었을 것이다. 나조차도 이렇게 당당하고 씩씩한 내 모습이 신기하다. 더 이상 세상에 맞설 힘이 없다고 생각했는데 이렇게 나를 잘 일구고 있다.

그런데 어느 날 마치 번개를 맞은 듯
나를 사랑하는 건 다른 누군가가 아니라
바로 나여야 한다는 걸 깨달았다.
다른 이의 따뜻한 사랑과 위로와 용서를 기다릴 게 아니라
당장 나 스스로 나를 위로하고 용서하고 사랑하는 게 중요했다.
다른 이들을 탓하며 지냈던 시간이 부끄러웠다.
잘못된 선택도, 잘못된 출발도 나의 몫이었다.
모든 걸 인정하고 나니 새로 시작할 용기가 생겼다.
지금부터의 선택은 오로지 나를 위해 올바른 것으로 채워질 것이다.
포기하며 좌절하는 사람이 아니라,
두려워 회피하는 사람이 아니라, 사랑하는 사람으로.

○

일상의 기적

사건이 있고 온 세상이 나를 조롱하고 비난하는 것 같았다. 손가락질하고 수군거리는 것 같았다. 늘 익숙했던 교회에서도 내 자리가 아닌 것 같은 느낌, 미운 오리 새끼가 된 기분이었다. 그래서 눈치를 보며 고개를 푹 숙인 채 맨 앞자리에서 기도를 했다. 기도에 집중하고 싶었고 누군가와 눈이 마주쳐겪는 어색함이 싫었다. 그날도 역시 고개를 숙이고 기도를 하고 있는데 불쑥 옆에 김치통이 놓였다.

"정희 씨, 너무 말랐다. 밥 잘 챙겨 먹고 힘내요."

그러더니 마치 짠 것처럼 뒤에서 또 다른 분이 예쁜 모자가든 검정 봉투를 슬쩍 내 옆에 놓았다.

"잘 어울릴 거 같아서요."

고마운 마음에 그분들을 위해 기도를 좀 더 하고 주차장에

갔다. 그런데 이번에는 차창이 내려진 차 안에 예쁜 레이스 스니커즈가 놓여 있었다. 누가 그랬는지 모르지만 이 지면을 빌려서 인사드린다. 정말 고맙습니다. 예쁘게 신겠습니다.

그 기적은 그날 하루로 멈추지 않았다. 어느 날은 자매님 한 분이 손에 무언가를 쥐여주고 급하게 뒤돌아갔다. 천천히 손을 열어보니 조그맣게 접힌 오만 원짜리가 손바닥에 놓여 있었다. 그 후로도 가래떡, 사탕, 초콜릿⋯⋯ 기도를 마치고 나오면 상점에라도 다녀온 사람처럼 두 손이 무거운 날이 계속됐다.

감사했다. 무턱대고 그냥 고마웠다. 기적을 경험한 날, 마음을 나누는 친구가 마침 도종환 시인의 〈축복〉이라는 시를 휴대폰 메시지로 보내주었다.

나에게 전하고 싶은 친구의 메시지를 이해할 수 있었다. 쉰의 중간에서 내가 살아온 시절이 다 참혹했다고 말하면 안 된다는 것을 알았다. 너는 틀리고 나는 맞다 우겨도 안 된다. 돌아보니 모두 축복이었다. 결혼생활 32년 동안 나의 만족과 이익을 위해 살았던 것만이 축복이 아니었다. 부모님의 보살핌 대신 외할머니 손에 키워진 뼈저리게 외롭던 어린 시절도, 순결을 잃었던 열여덟의 절망과 충격도, 골방에서 죽을 것 같은 슬픔과 아픔을 겪은 그 시간도 결국 축복을 위한 것이었다. 나의 삶과 나의 의지로 선택했다는 것 자체가 축복이 될 수 있다는 걸 깨닫는다. 그 무엇보다 새로운 길을 향해 물결치는 감정이 여전히 살아 있다는 것은 얼마나 큰 축복인가. 할 말이 생기고, 하고 싶은 일이 샘솟으니 이 또한 축복이다.

원래의 나, 하고 싶은 것도 많고 궁금한 것도 많았던 서정희, 무엇이든 열심히 하던 서정희. 내 이름 석 자가 새롭게 열린 하늘에 구름이 되어 떠다닌다. 이제 나는 내가 너무 좋다. 안쓰럽지만 안쓰러운 그 모습도 예쁘다. 닿을 듯 닿을 듯 손에 닿지 않던 내 이름을 이제는 힘차게 뛰어올라 품에 안는다. 겨울이 가고 봄이 오듯 이제 나의 인생에도 새로운 꽃이 피어날 거라고 믿는다.

그럴 때가 있었다. 나만 철저히, 또 처절히 혼자인 것만 같았던 때. 사람들이 웃고 즐거워하는 모습이 보기 싫어 미칠 것 같았다. 나는 이렇게 울고 있는데, 죽을 것만 같은데 나만 빼고 전부 행복해 보였다. 어딜 가나 내 앞에는 벽이고, 나는 버려진 고아 같다는 생각. 이 하늘 아래 나 혼자였다. 외로움에 치를 떠는 내게 누군가는 당해도 싸다, 그럴 줄 알았다며 활을 쏘아댔다. 갈라진 논바닥처럼 마음이 천 갈래 만 갈래 찢겨나갔다. 매일 죽음을 생각했다.

그런데 어느 날 마치 번개를 맞은 듯 나를 사랑하는 건 다른 누군가가 아니라 바로 나여야 한다는 걸 깨달았다. 다른 이의 따뜻한 사랑과 위로와 용서를 기다릴 게 아니라 당장 나 스스로 나를 위로하고 용서하고 사랑하는 게 중요했다. 다른 이들을 탓하며 지냈던 시간이 부끄러웠다. 잘못된 선택도, 잘못된 출발도 나의 몫이었다. 모든 걸 인정하고 나니 새로 시작할 용기가 생겼다. 지금부터의 선택은 오로지 나를 위해 올바른 것으로 채워질 것이다.

포기하며 좌절하는 사람이 아니라, 두려워 회피하는 사람이 아니라, 사랑하는 사람으로 살기로 했다. 사랑하는 감정이 멈추지 않을 때 무엇이든 좋은 방향으로 나아갈 것이다. 살기 위해, 더 잘살기 위해 나는 나를 사랑하고, 나를 사랑해준 이웃을 사랑하기로 했다.

축복받은 나를, 사랑하기로 했다.

◦
핸들을 꺾고 방향 선회!

혼자 살게 되면서 깊은 '운전 트라우마'를 통과해야 했다. 운전면허는 1985년 둘째를 낳은 다음 달에 몰래 취득했다. 언젠가는 운전할 일이 있을 것 같아 개인적으로 도로 연수도 받았다. 그 당시 남편은 내가 운전면허를 취득하면 이혼할 것이며 가만두지 않겠다고 협박했다. 그래서 모든 걸 비밀리에 해야 했다.

결혼 전 동거를 시작할 때부터 그는 내 생활 전부를 통제했다. 그가 방송 일로 바쁜 날은 그나마 숨을 쉴 수 있었다. 남편이 녹화하러 가면 몰래 개인 교습을 하며 겨우 운전면허증을 땄다. 하지만 그 후로도 집에 있는 시간이 많았고, 운전 연습을 제대로 하지 않아 나는 여전히 운전을 못하는 사람이었다. 운전할 기회는 좀처럼 오지 않았다.

아이들이 어릴 때는 도우미 아줌마와 운전기사가 있었기 때문에 불편을 모르고 살았다. 그런데 어쩌다 운전기사가 갑자기 일이 생겨 못 올 경우 아이들 등하교가 문제였다. 어쩔 수 없이 내가 운전을 해야 했다. 면허를 따고 10년쯤 지난 뒤였다. 다시 시작하려니 운전이 너무 무서웠다. 길치인 나에게 길을 찾아가는 것은 고문과도 같았다. 운전 연수를 받은 후 겨우 아이들 등하교를 시키고 가까운 사우나에 다니는 정도만 기계처럼 할 수 있었다. 운전하는 것을 허락받기까지 서툰 운전 탓에 내가 받은 치욕은 떠올리고 싶지 않은 기억이다.

이혼 과정 중 딸이 있는 미국에 가 있는 동안 남편이 차를 가져갔다. 설마 설마 했던 일이 진짜로 일어났다. 헤어지기 전 남편이 극도로 포악해졌을 때 툭하면 그는 나에게 이런 말을 했다. "너 마음에 안 들어. 말 안 들으면 홀딱 벗겨 팬티 바람으로 내쫓을 거야." 그게 얼마나 말도 안 소리인지 알면서도 정말 그럴까 봐 두려웠다. 버림받을까 봐, 빈털터리가 될까 봐 무서웠다. 남편은 한다면 하는 사람이었고, 내 손에 쥔 건 아무것도 없는 상황이었다. 그런 말로 세뇌를 시켜서 그랬는지 아니라고 생각하면서도 그 굴레를 빠져나올 수 없었다. 그런데 정말 그는 내가 가진 걸 모두 빼앗아갔다. 자동차를 가져가다니. 서툰 실력이지만 그나마도 차를 몰 수 없게 되어버렸다.

남양주 별내에서 서울 변호사 사무실까지 가려면 지하철과 버스를 세 번 갈아타야 했다. 늘 엄마가 동행해줬다. 나는 엄마를 놓치면 죽을 것 같은 두려움에 어린아이처럼 엄마를 꼭 붙잡고 다녔다. 검찰청에서 상담 치료 병원을 소개해줬는데, 그곳도 처음 가보는 동네였다. 두렵고 힘들었지만 1년 동안 버스를 타고 잘 오고 갔다.

긴 트라우마 치료를 받던 중 차를 구입했다. 그런데 뜻밖에도 공포가 되살아났다. 차를 운전하면 이혼한다, 가만히 두지 않겠다던 그의 협박이 떠올랐다. 그 공포심 때문에 운전대만 잡으면 온몸이 경직되고 식은땀이 났다. 심장이 옥죄어오면서 옷이 땀으로 범벅이 되어 운전대를 잡는 것 자체가 고역이었다. 내비게이션을 보아도 강남인지 강북인지 방향 감각조차 없어 길거리에 차를 세운 뒤 울면서 택시를 타고 집에 돌아오기를 여러 번이었다. 그때마다 견인된 차를 찾아야 하는 이중고를 겪었다. 운전 문제로 엄마와 크게 싸우기도 했다. 엄마는 언제까지 울고불고하며 운전대에서 이 짓을 할 거냐며 성을 냈고, 그럴 때마다 서로 부둥켜안고 수도 없이 울었다. 내비게이션 사인을 보고도 지나쳐서 엉뚱한 고속도로를 수없이 주행했다. 중간에 지인들에게 전화해 울며불며 길을 묻고 겨우 집에 돌아오면 나는 다시 죽음을 생각했다. 그만큼 운전은 고통이었다.

1년 6개월 동안 차는 크고 작은 사고로 범퍼 교체만 세 번을 했고, 자기부담금을 내고 고친 것만도 여러 번이었다. 긁히는 정도의 가벼운 접촉 사고를 생활처럼 하다 보니 운전을 그만두어야 하나 수없이 고민했다. 참혹하고 비참했다. 사람들은 어떻게 저렇게 운전을 잘할까? 나는 이렇게 힘들고 어려운데. 남들이 다 하는 운전이 그렇게 나를 압박하게 될 줄은 몰랐다.

운전을 시작하면서 지난날을 돌아보게 됐다. 남들에겐 사소한 문제를 내가 극복하지 못하는 이유는 아마 결혼 기간 내내 받은 잘못된 사랑의 방식 때문이 아닐까 싶다. 남편은 나에게 항상 '사랑과 교육'을 시킨다고 말했다. 멍청하기 때문에 '당근과 채찍'을 병행해야 한다고 했다. 나 역시 스스로를 멍청하다고 인정했다. 나는 둘이 있는 자리를 될 수 있으면 만들지 않았다. 눈치 보는 것이 힘들었다.

사랑과 교육을 운운하던 그에게 육체적인 훈련을 받던 나를 추적해본다. 양육과 훈육, 먹여주고 재워주고 필요한 것을 채워주는 것은 다 육체적인 것이다. 그 이상이 정신적인 성장이다. 그는 자신이 직접 혹은 누군가를 시켜 아이를 데려가고 데려옴으로써 아이를 열심히 사랑하고 기르는 것처럼 보였다. 그러나 그것은 이 아이에게 필요한 양육 방식도 아닐뿐더러 정신과 육체의 균형을 깨트리고 오히려 고립된 삶을 만들어 세상에 맞설 힘을 빼앗을 뿐이었다.

그는 한정된 구역을 만들어 밖과의 소통을 단절시켰다. 끊임없는 훈련을 통해 서정희라는 한 인간을 길들였다. 내 자아는 세뇌된 듯 자연스럽게 그의 통제나 명령이 없으면 꼼짝도 못 하는 의존적 성향으로 바뀌어갔다.

사랑이 왜곡된 것을 '참사랑'이라 믿었다. 2007년 처음 읽은 이후 아주 아끼는 책이 된 스캇 펫 박사의 『아직도 가야 할 길』에는 의존성에 대해 이렇게 나와 있다.

"상대방이 자신을 열심히 보살펴준다는 확신이 없으면 적절한 역할을 못 한다고 생각하는 것이다. 충분히 채워져 있다고 느끼지 못하고 끝없이 의존하는 성향으로 바뀐다. 의존성은 사람이 상대에게 치열하게 애착하도록 만드는 힘이다. 그래서 사랑이라고 착각할 수 있다. 그러나 그것은 사랑이 아니다. 오히려 사랑의 정반대다. 부모의 사랑이 결핍이 된 데서 시작해서 영원히 사랑에 실패하게 만든다. 어린아이의 퇴행을 부추긴다. 함정에 빠뜨리고 압박한다. 의존성은 관계를 쌓기보다는 파괴하고, 사람들을 성장시키기보다 망가뜨린다."

_M 스캇 펙, 『아직도 가야 할 길』, 최미양 옮김, 율리시즈

이처럼 사랑이 없는 애착, 집착, 의처증은 나를 퇴행시키고 망가뜨리고 죽어가게 할 뿐이었다. 나는 이 책을 수시로 읽으며 자가 훈육을 시도했다. 이런저런 자료에서 신경정신과 사례를 찾아보며 이혼을 통해 정상적인 삶으로 돌아가야겠다는 의지를 불태웠다.

『아직도 가야 할 길』, 『끝나지 않은 여행』, 『그리고 저 너머에』 등의 책을 읽으며 나의 육체적인 것뿐만 아니라 건강한 정신적 성장을 위해 노력했다. 이른바 셀프 헬프 Self-Help 방식이었다. 사실 좋아하는 책과 CD가 이삿짐 보관소에 들어가 있어서 많이 아쉬웠다. 그런 처지를 알고 30년간 나를 지지해준 팬이 집으로 책이며 CD 등이 담긴 소포를 부쳐주었다. 고마운 마음이다. 힘들고 외로웠지만 이런 따뜻한 사람들의 마음이 있어 조금씩 힘을 낼 수 있었다.

내가 선택한 인형의 삶을 빠져나오는 인생 훈련에 운전이 큰 부분을 차지했다. 다시 운전을 시작하자 주변의 잔소리가 특히 나를 힘들게 했다. 운전 별거 아니다. 내비게이션 보고

가면 되지 왜 못 해? 그동안 목욕탕은 어떻게 다녔어? 잘하고 싶은데 마음처럼 안 되니까 서럽고 서러웠다. 모험도 싫었고, 이 나이에 도전하는 것도 고달팠다. 할 수 없는 것을 밀어붙이는 엄마도 짜증이 났다.

아직도 가야 할 길이 멀다. 하지만 노력하고 있다. 내비게이션을 잘 볼 수 있게 되었지만 여전히 힘든 게 운전이다. 가끔 스스로 '운전 신동'이라고 치켜세우는 이유는 나를 격려하기 위해서이다. 운전을 하면서 세상을 배운다. 어두운 밤길 운전은 마치 죽음 체험을 하는 것 같다. 누군가에게는 아무것도 아닌 것이 나에게는 힘들고, 내가 쉽다고 생각하는 것이 누군가에게는 너무나 어렵다는 걸 알아가고 있다.

낮은 자존감을 회복하기 위해 운전에 집중하고 있다. 운전과 '사랑'에 빠지려고 한다. 살면서 피할 수 없는 것이다. 운전이 나를 비참하게 끌고 가는 것이 아니라 나의 필요로 운전을 할 뿐이라는 걸 잊지 않으려고 한다. 앞으로 정말 운전을 즐길 생각이다. 포기하지 않으려면 내가 변해야 하기 때문이다.

할리우드에서 시각효과계의 거장으로 불리는 제프 오쿤 감독이 이런 말을 했다.

"나는 젊었을 때 사진사, 마술사이자 음악가였다. 다 실패했다. 그러나 시각효과 감독이 되어 이 분야에서 사진, 마술, 음악을 활용했다. 재능을 준비해야 하고 기회가 교차하는 행운도 필요하다. 이 행운이 내게 왔다."

제프 오쿤 감독이 강조한 것이 피보팅Pivoting, 즉 방향 선회다. 그 말을 흘려듣지 않고 메모했다. 피보팅, 방향 선회, 준비된 재능, 기회, 행운. 내 인생을 관통했던 독서, 음악, 그림, 결혼과 이혼, 노래, 신앙 그리고 운전까지, 이 모든 것이 언젠가는 피보팅 효과를 가져다줄 거라 믿는다.

이제 나는 운전을 정말 잘한다. 주차도 잘한다. 레이싱을 해도 될 만큼 스피드도 낸다. 차 안에서 음악을 듣고, 말씀을 듣고, 기도도 소리쳐 하고, 노래도 부른다. 이젠 차가 또 하나의 내 공간이 됐다. 즐기기 시작한 것이다.

이렇게 하나씩 내 앞에 닥친 두려운 것들을 이겨내고 당차게 살아갈 생각이다. 남에게는 없는, 내가 가진 좋은 것들이 얼마나 많은지 상기하는 것도 잊지 않고.

나에게 열리는 세상

이혼 후 매일 무언가를 썼다. 추웠고 아팠고 힘들었고, 내가 할 수 있는 건 하루하루의 감정을 고스란히 적어가는 것뿐이었다. 가진 게 너무 없어서 앞날이 불투명했다. 어떻게 살아야 하나 두려웠다. 제대로 된 사회생활 한 번 안 해보고 가정주부가 된 후 처음 겪는 경제적 압박이었다.

이런 내 상황이 이해되지 않을지도 모르겠다. 아무리 그래도 한 푼도 없을 리가 있나 의심할 수도 있다. 그런데 사실이다. 전남편은 2002년 연예계 비리 사건에 연루돼 구치소에 다녀온 뒤로 나에게서 모든 걸 빼앗았다. 신분증, 도장, 통장 그리고 신용카드까지. 그전까지는 내가 통장 관리를 하며 집안 경제를 돌봤다. 그런데 어디서 무슨 얘기를 들었는지 그 후로 경제적인 모든 권한을 가져갔다. 그렇다고 내가 사고 싶은 걸 못 사거나, 먹고 싶은 걸 못 먹지는 않았다. 다 할 수 있게 해줬다. 다만 수행비서를 붙여 그들이 계산하게 했다.

장을 보러 가도, 꽃을 사러 가도, 쇼핑을 가도, 하다못해 병원에 갈 때도 그들이 따라왔다. 남편 몰래 천 원도 내 마음대로 쓸 수 없었다. 돈이 없어도 불편하지는 않았다. 어차피 다 집안일에 쓰는 돈이었고, 특별히 먹고 싶은 게 있으면 남편이 시킨 직원이 사다 줬다. 전업주부라 따로 돈을 쓸 일이 딱히 없었다. 그래서 따로 내 재정을 만들려 하지 않았다. 오히려 대출을 하거나 어떤 문서에 사인을 할 때마다 남편이 가족을 위해 고생하고 있다고 생각했다. 남편이 없으면 나도 없으니 우리 가정은 한 몸이었다. 경제적으로 아무 도움이 못 돼서 그때 나는 오히려 남편에게 미안했다.

나중에 알게 된 사실이지만 그는 내 명의로 몰래 빚을 얻곤 했다. 나는 남편이 원할 때마다 사인을 했다. 집이 내 명의이기 때문에 사인을 해야 한다고 했다. 어떤 용도인지 모른 채 사인했다고 해서 책임을 피할 수는 없다. 내가 직접 한 사인도, 대리인이 한 사인도 책임은 고스란히 내가 지는 것이다.

그러나 그때는 그것까지 생각하지 못했다. 왜냐하면 나는 그와 천년만년 살 줄 알았던 것이다. 죽어도 같이 죽고 살아도 같이 살 줄 알았다. 이렇게 가정이 풍비박산 나 개인과 개인으로 헤어지게 될 줄은 꿈에도 몰랐다.

그는 나의 신분증과 도장으로 여기저기 빚을 얻고 일을 벌였다. 내 이름이 나도 모르게 사용된 것이다. 내 이름에 대한 책임은 순전히 내 몫이라는 것을 간과했다. 나의 불찰이다. 덕분에 나에게 남은 것은 책임뿐이었다.

그때 뼈저리게 깨달았다. 모든 일에는 대가가 따른다는 걸. 그 대가를 지불해야만 다시 내 권리를 찾을 수 있다는 걸. 그러나 교훈을 얻었다고 나를 다독이기에는 그 책임이 너무나 무거웠다. 무거운 돌을 지고 깊숙한 물밑으로 끝없이 내려가는 기분이었다.

헤어진 뒤 다시 물 위로 올라가기 위한 몸부림이 시작됐다. 세상물정을 알아간다는 건 다시 물 위로 올라갈 수 있는 산소를 얻는 것이었다. 버스를 타고 지하철을 타고 동네 산책을 하며 길을 알아갔다.

"여기 가려는데 이거 타면 되나요?"

"학생, 길 좀 물을게요."

누군가에게 묻고 알아가는 건 전혀 부끄러운 일이 아니었다. 마음을 열고 나니 다시 세상이 열리기 시작했다. 조금씩 알아가며 나는 천천히 똑똑해졌다.

내 이름 하나 간수 못 하면서 교만했던 시절이 있었다. 난

저런 건 절대 안 써. 저렇게 해놓고는 못 살아. 그건 이렇게 해야만 해. 뒤늦게 정신을 차렸다. 교만하고 내 이름을 함부로 다룬 대가로 아픈 시간을 겪었다. 짓지 않은 죄로 인한 책임을 하나씩 떨어뜨리며 조금씩 위를 향해 올라왔다. 그사이 혼자 많은 것을 할 수 있게 되었다. 아니, 이제는 대부분의 것을 혼자 한다. 혼자 하는 게 더 익숙하고 편안하다. 불안하고 두렵지 않다.

· 넷 ·

부산 경원 씨

안티 팬은 내 커리어와 함께 커왔다. 나에게 관심이 늘면 늘수록 안티가 많아졌다. 소속사가 없으니 누가 이미지 관리를 해주지도 않았고 스스로 할 줄도 몰랐다. 사람들이 삐딱하게 나오면 더 잘해야지, 더 완벽하게 해야지 했던 게 오히려 안티 팬만 더 만들어냈다. 대중과 소통하는 방법을 전혀 몰랐던 것이다.

나에게도 오랜 팬들이 있다. 나를 있는 그대로 좋아해주는 팬이다. 팬과 스타는 닮는다더니 내 팬들도 나처럼 살림 좋아하는 여자들이다. 가정생활을 하면서 그 노하우로 여러 권의 책을 냈고 팬들 덕분에 그때마다 반응이 좋았다.

지금까지도 연락하며 지내는 부산의 경원 씨도 살림하는 내 모습에 반해 팬이 되었다. 그녀는 성인이 되면서부터 행복한 결혼생활을 꿈꾸었다고 한다. 그러다 방송에 나온 나의 모습을 보고는 10여 년간 내 출판물이나 방송을 챙겨 보다가 쇼룸을 오픈했을 때 찾아왔다.

부산에서 오랜 팬이 찾아왔다는 소식에 반갑게 맞이했다. 그 먼 곳에서 나를 찾아왔다는 사실이 정말 고마웠다.

"저뿐 아니라 다른 분들에게도 따뜻하고 친절히 대하는 모습이 정말 인상적이었어요. 제가 기대했던 모습과 다르지 않구나 했죠. 그 이후로 선생님이 더 좋아졌어요."

경원 씨는 우리의 첫 만남을 그렇게 말해줬다. 그때 돌아가는 경원 씨를 꼭 안아주며 배웅했는데, 첫 만남에 대한 이야기는 우리 대화에 빠져서는 안 될 레퍼토리다.

그 인연으로 연락을 주고받는 사이가 됐다. 그녀는 늘 나를 '프로페셔널한 주부'라고 칭하며 여자로서 정말 닮고 싶다고 입버릇처럼 말했다. 그런 말을 들으면 내가 헛되이 살지는 않았구나 하는 생각에 큰 위로를 받는다. 가끔 그녀에게서 선물이 오면 그것을 사용하는 모습을 사진으로 찍어 보내준다. 감사의 마음은 미루어서는 안 된다고 생각한다. 그녀는 그런 내 반응에 감동받았다며 또 인사를 보내온다.

그녀의 그런 마음이 고마웠다. 동주와 대여섯 살 차이니 딸 같기도 해서 새벽기도를 마치고 묵상을 통해 얻은 깨달음을 메시지로 보내주곤 한다. 내가 해줄 수 있는 건 그 정도뿐이다.

"묵상 메시지를 받으면 정말 내 편이 한 명 있구나 하는 생각에 가끔 눈물도 나요."

이렇게 말하는 그녀에게 그게 아니라고, 사실은 내가 사람들에게 받은 상처를 경원 씨를 통해 위로받고 있다고 말해주지 못했다. 조금 쑥스럽고 겸연쩍었다. 그냥 어서 좋은 배우자 만나 행복한 가정 이루라고 진심으로 빌어줄 뿐이다. 사람의 '있는 그대로'를 사랑할 줄 아는 나의 팬이 꼭 좋은 남자를 만났으면 좋겠다.

지난해 늦은 가을 부산을 찾았다. 그 일이 있고 2년 후, 책을 준비하려던 때였다. 경원 씨를 찾아가 기쁜 소식을 전하고 싶었다.

"왜 이렇게 더 마르셨어요."

오랜만에 만난 그녀는 나의 건강을 걱정했지만 웬일인지 그날 나는 에너지가 넘쳐났다. 우리는 소녀처럼 해변을 뛰어다니며 웃고, 이야기하고, 사진을 찍었다.

"힘든 일을 겪고 많이 내려놨어요. 그러고 나니까 진짜 자유를 알겠어. 그래서 이제 편해요. 걱정 말아요."

그 말이 자신에게도 위안이 된다고 그녀가 대답했다.

"그동안 선생님께 좋은 것 많이 배웠어요. 예쁘게 말하는 것, 칭찬에 인색하지 않는 것, 긍정적인 마인드로 사는 것. 그런데 오늘 하나 더 배우네요. 다 내려놓고 참 자유인으로 사는 즐거움. 정말 늘 감사해요."

그리고 내 손을 꼭 잡으며 덧붙였다. 언제나 응원하겠다고.

내가 그동안 인생을 잘못 살았다고 생각한 적도 있었다. 세상 사람들이 다 나를 미워한다고도 생각했다. 남은 게 없다고, 실패뿐이라고 자책했다. 그러나 이제 안다. 사막에 꽃이 피듯, 모래알 저 아래에 내가 심어놓은 것들이 숨겨져 있었다.

사람들을 향한 마음, 보답 그리고 그들의 응원. 물을 흠뻑 맞은 아침 꽃처럼 내 모습 그대로를 믿고 좋아해주는 사람들을 생각하며 향기롭게 활짝 피어나련다.

○

사소한 것의 위대함

"그까짓 것." 그는 내가 하는 일을 볼 때마다 그렇게 말했다. 중요하지도 않은 일을 하느라 세월을 보내고 있다며 혀를 찼다. 매일 쭈그려 앉아 그림이나 그리고 낙서나 한다고 핀잔을 주었다. 청소 따위, 빨래 따위를 열심히 하는 게 무슨 대수냐고 생각했을 것이다. 그래도 아랑곳 않고 나는 '그까짓 것'들을 했다. 작고 사소한 것들이 나에게는 무척 소중했다. 그 작은 것들이 지금의 나에게는 새 인생을 움트게 하는 거름이 되고 있다.

미래적 현실, 내가 참 좋아하는 표현이다. 교회에서 자주 쓰는 말이다. 하나님은 사람을 만날 때 장차 미래에 될 모습을 들고 오신다. 미래의 일이지만 좀 더 확실한 현실로 나타나신다는 말이다. 이 말은 꼭 종교적인 범위에서만이 아니라 우리의 삶에 굉장히 의미가 있다고 생각한다. 현실의 내가 결국 미래의 나인 것이니까.

나의 미래적 현실은 하찮은 것투성이였다. 그러나 그 작고 사소한 것들을 통해 지금 나는 많은 것을 이루고 있다. 책을 내게 됐고, 대학에서 공간디자인 강의를 하게 됐다. 전부 하찮은 것들의 힘으로 이루어낸 것이다. 그럼 이제 나의 하찮은 현실을 소개해보려 한다.

나는 집을 캔버스로 생각했다. 나의 재능을 한껏 펼쳐 보일 수 있는 커다란 도화지라고 여겼다. 그래서 청소, 요리 등 반복되는 집안일에서도 좀 더 창조적인 방법을 궁리했다. 흔하디흔한 가정주부가 아니라 프로페셔널한 가정주부가 되려고 노력했다.

시간을 함부로 쓰는 게 싫어 매일 하루 일과를 계획하고 정리했다. 『성공하는 사람들의 7가지 습관』이라는 책을 쓴 스티븐 코비 박사의 프랭클린 플래너를 이용했다. 물론 요즘은 굳이 프랭클린 플래너를 쓰지 않고 스마트폰으로 메모를 하고 사진을 찍어 기록해둔다. 아날로그를 좋아해 손으로 끄적거리는 걸 놓지 않았지만 그래도 나 역시 시류에 발맞춰 디지털 세계에도 몸담고 있다.

일상생활과 가장 밀접한 예술, 나에게는 '집'이 그 대상이었다. 내 삶을 하나의 작품으로 보고 일상이 그 작품을 만들기 위한 다양한 스타일의 시도라고 여겼다. 그래서 옷이나 미용보다 우리 집을 이렇게 저렇게 바꾸고, 꾸미고, 디자인하는 일이 훨씬 더 흥미로웠다.

어린 시절 각종 과자에 캐러멜, 양갱 같은 군것질거리가 가득 든 종합선물 세트가 집에 선물로 들어오곤 했다. 형제들은 과자에 달려들었지만 나는 상자가 우선이었다. 예쁜 그림이 그려진 종합선물 세트 상자는 어린 나에게 꿈의 공간이었다. 나는 과자 상자를 오리고 접고 색지를 붙여가며 주방이며 방을 만들었다. 그 안에 앙증맞은 테이블이나 작은 침대도 만들어놓았다. TV에서 본 것처럼 소파도 놓고 옷장도 만들어 종이 옷을 걸어줬다. 몇 날 며칠이고 몰두해 나만의 작은 공간을 만들어놓고 작은 가구들을 이리저리 옮기는 게 그렇게 재미날 수 없었다. 가끔 여동생이 자기도 같이 놀자고 끼어들면 구경만 시켜줬지 절대 만지지 못하게 했다. 나에겐 소중한 작품이었고, 아무에게나 보여주고 싶지 않은 꿈같은 공간이었다.

그런 면에서 나는 성인이 되어서도 달라지지 않았다. 집이 커다란 종합선물 세트가 됐다. 집은 곧 일터였고, 나만의 취향대로 다양한 시도를 해볼 수 있는 캔버스 그 자체였다. 판에 박지 않은, 엉뚱하고 아이 같은 서정희만의 것을 창조해낼 때마다 뛸 듯이 기뻤다. 그럴 때면 하루 종일 집 안을 뛰어다녔다. 아이들은 그런 나를 보고 어린아이 같다며 웃었다.

그 캔버스를 앞에 두고 매일매일 싸워나갔던 것이 나에게 이렇게 큰 재산이 될 줄은 몰랐다. 그저 자기만족으로 일상의 미학을 실천해왔을 뿐인데 말이다.

인테리어는 매 순간 '이머전시emergency'였다. 한 번도 처음에 그려놓은 청사진대로 옮겨지지 않았다. 늘 부족하거나 달라지거나 잘못됐다. 그럴 땐 빨리 복구하는 것이 능력이다. 재빨리 다른 대안을 찾고 가능한 범위에서 최선을 선택하는 것, 그런 일들에 익숙해졌다.

집을 꾸미면서 나는 어느새 공간 전문가가 되어 있었다. 동선의 중요성과 조명의 다양한 역할을 알게 됐고, 여러 가지 인테리어 재료의 특성을 익혔다. 평범한 일상이 예술이 될 수 있다는 믿음과 실천이 어느새 나를 전문가로 만들었던 것이다.

만약 '그까짓 것'을 하지 않았다면 지금의 나는 어떻게 되었을까? 사소한 것이라 하찮게 여기고 내면의 욕구를 눌러버렸다면 다시 일어설 수 있었을까? 이혼 후 사람들이 가야 한다는 길을 따라가 보았지만 그 길에 나는 없었다. 나를 찾아

떠났는데 나를 잃어버린 셈이다. 그때 나는 하찮은 것을 귀하게 여기는 사람이란 걸 간과했던 것이다. 그 하찮은 것에 대한 관심이 나를 이루는 원동력이란 걸.

그 사실을 깨닫고 다시 하찮은 것들에 열중했다. 묵상 노트를 기록하고, 떠오르는 생각을 글로 쓰고, 좋아하는 음악을 듣고, 몸으로 기분을 표현하고, 집 안을 정리하고 가꾸고, 샴푸할 때마다 트리트먼트를 잊지 않고, 매일 얼굴에 오이를 곱게 갈아 얹었다. 돈이 없어도 할 수 있는 것들이었다. 그 하찮은 것들의 지속으로 책을 내고 화장품 모델을 하게 되었다.

이 나이에 자존감을 회복하고 세상과 당당히 맞서 나아가며 전문직까지 얻은 건 하루아침에 이루어진 것이 아니다. 시한 편 외운다고 해서 인생이 바뀌지 않는다. 그러나 오늘 외운 시가 어느 날 꼭 필요한 순간에 나에게서 우러나올 것이다. 시를 읊는 나의 목소리에 위로받고 희망을 품는 이가 있을 거라고 믿는다. 그 믿음으로 나는 오늘도 작고 사소한 것에 관심을 기울이고 열정을 다하려 한다.

Start up!

내 인생에 새로운 시동이 걸리고 있다.

나는 오늘도 하찮은 것들과 마주한다. 꼭 훗날의 나를 상상하면서 하는 것은 아니다. 그저 오늘 하루가 그것들로 충만하고 행복해지기 때문이다. 나의 하루를 내가 좋아하는 것들로 가득 채우면 또 좋은 일이 일어날 거라는 믿음이 생겼다. 그때는 누구의 아내, 누구의 엄마가 아닌 나 서정희로 우뚝 설 수 있으리라.

강단에 서다

2015년 겨울. 이혼 절차가 마무리되고 혼자 지내는 시간에 익숙해질 즈음이었다. 국제대학교 산업디자인과 학과장인 김성자 선생님의 전화를 받았다. 김성자 선생님은 교회 주일학교 책임교사로 만나 지금까지 좋은 인연을 이어오고 있다.

"서정희 선생님, 다음 학기에 우리 학교 학생들에게 특강 좀 해줄 수 있어요?"

"네? 제가요?"

"공간디자인 분야에서는 이미 전문가잖아요. 아이들에게 실무적으로 좋은 교육이 될 것 같은데 어떠세요?"

김성자 선생님이 나에게 그런 제안을 한 데는 또 다른 배경이 있었다. 언젠가 교회에서 만나 함께 예배를 드리고 나오는 길, 날이 너무 좋아서 고속도로 한번 시원하게 달려보고 싶다는 말을 했다. 그날의 대화를 김성자 선생님은 잊지 않고 있었다.

"겸사겸사 바람도 쓸 겸, 우리 학교가 평택에 있잖아요, 옛날 송탄시청 바로 옆이에요. 서울에서 오는 길도 멀지 않고, 여행 삼아 한번 오세요."

아무리 지인이라지만 공은 공, 사는 사였다. 우선 포트폴리오를 보냈다. 그동안 작업했던 인테리어 공간 목록 사진들이었다. 우리 집을 포함해 국내 유수의 건설사 모델하우스와 교회, 병원 등 공간디자인에 참여한 것들을 추렸다. 며칠 후 포트폴리오를 살펴본 김성자 선생님에게 다시 연락이 왔다.

"서정희 선생님, 포트폴리오를 살펴보니 하루 특강으로는 아쉬울 것 같아요. 우리 학교 아이들에게 선생님 노하우 좀 제대로 가르쳐주는 게 어때요?"

"네? 그러니까 제가 직접 강의를 맡아서 해보라고요?"

얼떨떨했다. 신학대학에서 학사 학위를 받고 교회에서 설교를 한 적은 있지만 공간디자인 강의는, 그것도 대학의 정식 강의는 처음이었다.

"외래교수 초빙 기준을 살펴봤는데 서정희 선생님 이력이면 충분해요. 3년 이상 해당 교과목 관련 분야에서 일한 경력이 있으면 되는데, 인테리어 공간디자인 관련 책을 다섯 권

출간했고 그간의 경력 정도면 무리가 없다고 해요. 인사 팀에 확인한 부분이고요. 서류 몇 가지 필요한데 그것만 챙겨주시면 됩니다."

김성자 선생님은 한 학기 열다섯 시간을 서너 가지 콘셉트로 나눠 공간디자인에 대한 실무 노하우를 전하는 커리큘럼을 짜보라고 했다.

그 순간부터 나의 온 지식과 경험을 총동원해 커리큘럼을 짰다. 이론만으로 배울 수 없는 현장 실무 노하우를 알려주고, 이를 통해 자기만의 아이디어를 창출하는 데 강의 목표를 두었다. 최근 다른 월셋집으로 옮기며 시작한 인테리어 방법도 공유하고, 오랜 세월에 걸쳐 쌓아온 나만의 아이디어와 노하우를 대거 방출했다.

첫 프로젝트는 '컨테이너 하우스 프로젝트'. 조를 짜고 조별로 각 컨테이너의 주인이 된다고 여기고 콘셉트를 정해 그 안을 자유롭게 꾸며보도록 했다. 조별로 브레인스토밍을 했다. 일정한 테마를 정하고 조별 발표를 통해서 아이들이 가지고 있는 생각을 알고 싶었다. 재료와 도구는 달랐지만 그 옛날 내가 종합선물 세트 상자로 했던 것처럼 아이들은 가상의 컨테이너 상자에 들어갈 온갖 아이디어를 건져냈다.

잘하고 싶었다. 새로운 일을 통해 다시 태어나고 싶었다.

거짓 없이 내 삶을 받아들이면서 한 가지 꿈이 생겼다.

절대 다시 시작할 수 없다는 사람들에게,

절대 다시 일어설 수 없다는 사람들에게,

망가졌다고 생각하는 사람들에게,

꿈을 가진 바보들에게,

나와 같은 이들에게 위로와 힘이 되는

'상처 입은 치유자'가 되고 싶다는 꿈.

세상과 소통하며 소외되고 고독한 이들과 손잡고

함께 나아가는 꿈 말이다.

상처받아본 사람이 상처 입은 이들을 더 잘 치유할 수 있다.

내 인생이 누군가에게 용기를 주고,

그 용기로 삶의 고통을 뛰어넘는다면 그날의 사건,

그리고 갇혀 있던 나의 32년이 가치 있을 것이라고 믿는다.

하찮고 사소한 습관이 쌓여 전문적인 지식이 된다는 걸 증명하고 싶었다. 눈을 빛내며 앉아 있는 학생들에게 작은 것 하나라도 더 내주고 싶었다. 그들이 세상을 살아가는 데 나와 함께한 시간이 보배롭기를 바랐다. 또 무엇보다 내게 기회를 준 김성자 선생님에게 누가 되고 싶지 않았다.

"기회는 스스로 얻은 거예요. 만약 아무런 준비가 되어 있지 않았다면 제가 제안하지도 않았을 것이고, 이렇게 정식 강의를 할 수도 없었을 거예요. 훌륭한 선생님을 모실 수 있게 돼서 오히려 제가 감사해요."

일주일에 한 번 일주일 동안 준비한 강의 자료를 챙기고 고속도로를 달려 학교에 간다. 교문을 들어설 때부터 가슴이 설렌다. 캠퍼스를 들어서면 수목원처럼 나무들이 양쪽으로 늘어서 있다. 그 길을 지날 때면 내 아이들이 유학을 했던 보스톤의 학교가 생각난다. 아이들을 학교에 보내고 가정을 가꾸던 그때는 나에게 참 좋은 시절이었다.

한 걸음 한 걸음 나무 사이를 지나면서 옛 시간을 추억하면 아련해진다. 그러다 문득 지금의 나를 돌아본다. 나는 지금 비로소 내 두 발로 땅을 딛고 서 있다. 너무나 큰 축복이다.

"너무 좋아요. 바람도 좋고, 저 나무들도 좋고, 잔디며 아이들 웃음소리도 좋고. 모든 게 참 축복이네요."

이렇게 말하는 나에게 김성자 선생님은 그동안 내가 이런 평범한 것도 온전히 누리지 못한 것 같다며 위로해주었다. 이제 괜찮다. 나는 다시 나로 일어서고 있는 중이니까. 앞으로 앞으로 쭉, 이 사소하며 평범한 것들을 누리며 살면 된다. 나의 의지와 나의 힘과 나의 이름으로.

○

쉰다섯, 나는 시간이 없다

쉰다섯, 적지 않은 나이다.

누군가는 이미 다 이룬 나이이기도 하고, 누군가는 쉬어가는 나이이기도 하다. 한편으로는 이전의 삶을 그대로 유지하기도 힘든 나이일 수 있다.

서정희에게 쉰다섯은 날개를 펄럭이기 좋은 나이다. 패티 스미스에 비하면 아직 애송이, 한참 아기니까.

패티 스미스에 대해 잠깐 얘기해볼까?

패티 스미스는 서점에 갔다가 우연히 눈에 끌려 들추어본 책 『M 트레인』의 저자다. '펑크록의 대모'인 그녀는 펑크에 시적인 가사를 통해 문학성을 도입했다는 평가를 받았다. 음악 하는 시인이라 불렸던 그녀도 결혼 후에 한동안 가사와 육아에 전념했다. 아이를 낳고 키우면서 또 다른 행복에 다가갔다. 셔츠를 빨고 바느질을 하면서 사랑하는 것이 모두 손에 닿던 시절을 보냈다. 그리고 그때는 아무 기록도 하지 않았다. 남편을 잃고 그녀는 폴라로이드 카메라로 사진을 찍기 시작했다. 그제야 기록을 시작했다. 그녀에게 이미 자신의 '삶'은 다른 모든 픽션과 마찬가지로 '흘러간 이야기'였다. 드라마를 살아내던 그녀는 이제 없지만, 그때부터 사랑하는 작가들의 묘지를 찍고, 그들이 앉았던 의자를 찍고, 그들이 잠들었던 침대를 찍기 위해 여행을 시작했다. 회상을 기록하고 의미를 붙잡기 위해 필사적으로 글을 썼다.

나 역시 결혼을 하고 아이를 낳고 기르고 남편의 셔츠를 빨며 나를 잊은 채 살았지만, 이제 다시 필사적인 기록을 시작할 것이다.

패티 스미스, 그 할머니는 날개를 활짝 펴고 일흔의 나이에도 꿈을 싣고 날아다닌다. 책장을 덮으며 나의 가능성에 대해 생각했다. 쉰다섯은 무엇이든 할 수 있는 나이였다. 다시 시작하기에 조금도 모자람 없는 나이였다. 이렇게 생각하는 것만으로도 날개가 조금 더 자라나는 느낌이었다.

오늘도 조금 큰 것 같다. 이제 활짝 날개를 펴고 날아볼까 한다. 내가 할 수 있는 모든 일을 다 시도해보면서. 도전하고 부딪치면서.

우리 아이들은 재주가 좋았다. 공부면 공부, 예술이면 예술 두루두루 잘하는 편이었다. 아이들 스스로 노력하기도 했지만 나의 간섭도 만만치 않았다. 하나부터 열까지 극성스럽게 챙겼다. 아이들이 매번 좋은 결과를 안겨주긴 했지만, 내 방법이 옳지만은 않았다. 지나보니 알겠다. 만약 지금 아이를 키우라고 한다면 아이들이 더 행복할 수 있도록 잘 키울 수 있을 것 같다. 하지만 나는 엄마가 처음이었고 너무 어렸다. 그때는 내가 배우지 못한 것에 대한 콤플렉스와 보이는 숫자가 너무나 중요했다. 다른 소중한 것을 돌아볼 여유가 없었다. 그래도 착한 우리 아이들은 참 잘 따라와주었다. 지금도 고마운 부분이다.

여러 가지로 서툰 엄마였지만 지금에 와서도 내가 참 잘했다고 내세울 수 있는 것은 아이들에게 기회의 장을 만들어주고, 끊임없이 동기부여를 해주었다는 것이다. 이것저것 다 해보도록 했다. 그림을 보여주고, 음악을 들려주고, 함께 책을 보고, 공연을 관람했다. 작가를 찾아가 직접 이야기를 들어보기도 하고, 축구공도 차보고, 스케이트도 타보고, 이야기든 배움이든 모든 것을 만져보고 직접 경험해보게 했다. 그리고 관찰했다. 아이가 유독 관심을 가지는 게 뭘까? 재미있어하는 게 뭘까? 꾸준히 오래 하는 게 뭘까? 그리고 아이의 재능에 따라 방향을 잡아주었다.

아이를 키울 때처럼 지금의 나에게도 수많은 것을 경험하게 하고 싶다. 눈앞에 나타난 것들을 닥치는 대로 모두 흡수할 수 있는 환경을 만들고 싶다. 그래서 나는 탁구도 쳐보았고, 골프도 배워봤다. 발레를 새로 시작했고, 운전을 해서 고속도로를 달려보기도 했다. 연극도 배웠고, 매일 집에서 노래를 부르기도 한다. 가수처럼 부를 실력은 되지 않으니 가사라도 외우려고 한다. 전부 어설프지만 어디에서 내 숨겨진 재능이 나타날지 모르니 하고 싶은 것들을 마음껏 배워볼 것이다. 해보고 안 되면 이렇게 외치면 된다.

"아님 말고!"

재능을 발견하지 못한다고 실망하지 않는다. 그저 매일 보이는 대로 차곡차곡 지식의 저장 창고에 넣고 있다. 이 경험들은 분명 보석처럼 나의 날개에 알알이 박힐 것이다. 그걸 알기에 더 적극적으로 노력하고 있다.

재능은 발가벗은 몸과 같다. 노력이라는 옷을 입어야 비로소 세상에 나아갈 수 있다. 앞으로 나는 세상에 나가기 위해 내 작은 재능을 발견하고 열심히 노력의 옷을 지어 입힐 것이다.

쉰다섯, 나는 시간이 없다. 55년은 이미 지나갔고 지난날들을 만회하기 위해 5년 안에 남들이 산 55년을 살려고 한다. 그래서 1년을 10년같이 살아서 5년 안에 50년을 살려고 한다. 누구보다 튼튼한 날개를 펼치고 밀도 있는 삶을 살아가련다.

'작은 것이라도 하루에 한 가지씩 발견하자.'

이것은 누가 내주지 않았지만 오래도록 나만의 숙제였다. 매일 하나씩 작은 것 하나라도 발견하면 어느새 허했던 내 안이 풍성해지는 걸 경험했다. 마치 청소와 같다. 청소를 거르지 않고 매일 했는데 그 이유는 멈추면 먼지가 쌓이기 때문이다. 매일매일 하면 먼지떨이로 털고 지나가면서 청소가 금방 끝나는데 하루 이틀 일주일이 지나서 하려면 더 힘들다. 발견도 그렇다. 멈추지 않고 발견하면 결국은 내 삶이 발전할 수 있다고 생각한다.

◦

몰입의 즐거움

몰입의 즐거움과 성취의 즐거움.

다시 태어난 정희를 행복하게 하는 두 가지다. 몰입해서 무언가를 하게 되면 결국은 내 것이 된다는 걸 오랜 세월 경험을 통해 느꼈다.

나는 인테리어 공부를 따로 한 적이 없다. 공간디자인과 관련된 수업을 들은 적도 없다. 그러나 누구보다 공간을 사랑했고, 도전했고, 변화시키는 것에 몰입했다. 모르는 건 책을 찾고 전문가에게 물어보며 하나하나 알아갔다. 그리고 그 과정을 기록하면서 하나둘 나만의 것을 만들었다. 그게 꼭 거창한 것만은 아니었다.

예를 들어 지금 우리 집 콘센트에는 'PM', 'AM', 'CLOSED' 스티커가 붙어 있다. 깔끔한 폰트로 제작된, 시중에서 흔하게 살 수 있는 스티커다. 콘센트가 너무 밋밋해서 그걸 붙여봤다. 베란다 등은 PM, 거실 등은 AM이라고 정해놓았다. 내 집이니까 내 마음대로 해본다. 그 의미가 공간과 상황에 꼭 들어맞지 않더라도 나만의 언어를, 나만의 공간을 만드는 것이다.

집에 손님을 초대하거나 집 안 곳곳을 꾸미면서 꽃을 많이 사용했다. 꽃꽂이도 정식으로 배우진 않았다. 그냥 공간과 분위기에 맞는 꽃이 있으면 사서 사용했다. 미리 원하는 꽃을 정하고 어떤 구도로 꽂아야만 하는 게 아니라 그날 꽃 시장에 나온, 그 계절의 싱싱하고 예쁜 꽃을 사왔다.

매일 들어오는 꽃이 다르고 그날 쓰여야 할 곳도, 가격도 다르기 때문에 일단 마음에 드는 꽃을 사오긴 했지만 엄두가 안 나는 순간도 많았다. 그럴 땐 우선 그 꽃들을 하나하나 살핀다. 이렇게도 보고, 저렇게도 보고, 뚫어지게 바라보며 관찰한다. 그러면 하나둘씩 꽃들이 튀어나온다. 그것들을 손에 얹어보았다가 또다시 내려놓고 처음부터 다시 관찰한다. 그렇게 반복하다 보면 나의 손에 그럴듯한 꽃들이 안기고, 어느새 조화롭게 어울려 꽃병에 꽂히게 된다. 꽃을 좋아해 꽃꽂이 자격증을 따볼 생각에 학원에 잠깐 다녀보았다. 그런데 두 번쯤 수강했을 때 교과서처럼 규격화된 수업이 재미없다는 생각이 들었다. 자유롭게 떠오르는 영감을 펼쳐야 하는데, 남이 정해놓은 패턴대로 따라가야 한다는 게 나에겐 맞지 않았다.

나는 나만이 할 수 있는 특별하고 차별적인 것을 선호하는 편이다. 그래서 똑같은 꽃이라도 서정희 스타일로 '다르게' 표현하는 게 좋다. 한 달을 채 채우지 못하고 꽃꽂이 수강을 그만뒀지만 꽃에 대한 사랑이 식어서는 아니었다. 결국 정식으로 꽃꽂이를 배우지 못했다. 그렇지만 이렇게 작은 것 하나부터 시작해 '서정희 스타일'을 이루어나갔다. 다 몰두한 덕이다.

내 몰입의 시작은 메모이다. 배울 것, 배우고 싶은 것, 영감을 받은 것이 있으면 바로 메모한다. 몇 시간이 걸려도 꼼짝 않고 앉아 완벽하게 정리를 끝낸다. 그리고 그것과 관련해 연상되는 것, 나의 아이디어도 기록해놓는다.

이런 습관이 나를 행복하게 하는 이유는 나를 치유해주기 때문이다. 연관 검색어를 만들듯 생각이 떠오를 때마다 적고 그것들을 보면서 내가 원하는 것이 무엇인지 알아낼 수 있다. 가만히 있으면 그냥 지나칠 것들이 적어놓고 보면 선명하고 구체적인 그림으로 떠오른다. 그렇게 적어놓고 내가 가진 것들, 원하는 것들, 변화해야 할 것들, 노력해야 할 것들을 깨달은 후 실천에 옮긴다. 그러면 작은 발전이라도 따라오게 되어 있다.

나는 그런 습관을 통해 조금씩 조금씩 세상에 발맞춰 걸을 수 있게 되었다. 책을 읽을 때도 읽다가 그 속에 언급된 책이든 음악이든 영화든 메모를 한다. 또 그것을 지인들과 공유하며 더 풍성한 생각과 이야기를 끌어낸다.

'나중'은 나에게 없는 단어다. 나중에 하기로 한 것치고 제대로 마무리한 일이 없다. 아니, 아예 시도도 못 하고 지나치기 일쑤다. 그래서 나는 '나중'을 염두에 두고 대충 쓴 메모는 두 번 다시 보지 않을 메모라고 생각한다.

그래서 나는 오늘도 이렇게 오롯이 앉아 무언가에 몰입하며 나만의 세계를 만든다. 처음엔 희열로 시작한 것들이 지금 나에게 큰 힘이 되어주고 있다. 하나가 둘이 되고 그것이 쌓여 진짜 서정희를 찾는 길에 좋은 길잡이가 됐다. 만약 이런 노력과 증거가 없었다면 다른 사람 이름에 가려진 '서정희'를 되찾는 데 더 오랜 시간이 걸렸을 것이다.

가정을 이루고 살 때는 주로 가정을 위한 몰입했다. 그러나 이제는 온전히 나, 서정희라는 사람을 위해 몰두할 것이다.

미국의 화가 조지아 오키프는 평생 꽃 그림을 그렸다. 그녀는 고등학교 2학년 때 선생님이 꽃을 들고 와 세세하게 설명하는 걸 본 후로 꽃을 그냥 지나치지 않았다. 그리고 누구도

본 적 없는 꽃을 그리기 시작했다. 세밀한 관찰을 통한 꽃 그림이었다. 그리고 죽을 때 아직도 사람들은 꽃을 제대로 보지 않는다고 말했다. 제대로 보려면 친구가 될 때처럼 오랜 시간이 걸리는데 사람들은 꽃이 작다고 대충 보고 만다며 안타까워했다.

매일 마주치는 나지만 나는 나를 참 몰랐다. 앞으로는 나를 깊게 들여다보고 관찰할 생각이다. 나는 과연 어떤 꽃인지 작은 것 하나하나 세세하게 알아가는 시간, 남은 인생이 그런 시간이기를 바란다.

그리고 무엇이든 반복해서 하고 또 하고, 무의식중에도 완벽한 형태로 툭 나올 때까지 열심히 할 것이다. 노래 한 곡이라도 그것이 나의 행복 리듬을 일깨워준다면 하루 종일 반복해 외울 가치가 있으니까.

바람이 불어오는 곳

어느 날 25년지기 친구에게서 전화가 왔다.

"정희야, 거기 있지 말고 원래 살던 데로 나와."

"내가 가긴 어딜 어떻게 가?"

"아는 사람 한 명 없는 그곳에 있으니까 더 외롭고 힘든 거야. 가뜩이나 다니던 데만 다니는 애가 거기서 유배생활하는 것도 아니고. 그냥 우리 함께 살던 데로 나와. 내가 부동산에 연락해서 알아봐줄게."

그 친구를 알게 된 건 우연이었다. 친구의 남편이 조명디자이너였는데, 오래전 잡지에 실린 조명을 보고 사무실에 찾아갔었다. 세계적인 조명디자이너이자 자신의 이름 자체가 브랜드인 잉고 마우러의 작품을 소개한 디자이너는 마침 독일 출장 중이었고, 그 대신 디자이너의 부인이 있어 함께 이야기를 나눴는데 그 인연이 지금까지 왔다.

인테리어 쪽 전문가 가족이다 보니 말도 잘 통했고, 무엇보다 취향이 같았다. 아이들 나이도 엇비슷해 나중에는 남편들까지 온 가족이 자연스럽게 어울리게 됐다. 친구 가족은 전남편이 만남을 허락한 몇 안 되는 사람들 중 하나였다.

한창 우리가 어울리던 때는 외국으로 여행도 많이 다녔다. 홍콩이며 사이판에 아이들과 함께 가서 휴가를 즐기기도 했다. 그때를 생각하니 꼭 꿈같다. 그런 행복한 순간이 나에게도 있었다는 사실이.

친구 가족과 함께했던 날들을 돌아보니 하나하나 웃음이 나는 순간이었다. 함께 여행을 가거나 식사를 하면 친구는 늘 억울해했다. 자기는 나보다 덜 먹는데 왜 살이 찌느냐는 것이다. 친구도 나이에 비해 살집이 있는 건 아니지만 워낙 내가 왜소해 상대적으로 커 보였다. 나의 식탐은 주변에서 유명하다.

"넌 참 대단하다. 아니, 어떻게 식당 간판만 보고도 먹고 싶다는 얘기를 하니? 그리고 그렇게 먹고도 어쩌면 살이 하나도 안 찌니?"

친구 말대로 난 돌아서면 배고프다는 소리를 달고 살았다. 여행을 가서도 배가 고프다며 먹을 것을 찾는 건 늘 내 쪽이었다. 사실 식탐은 마음이 공허하고 혼란스러운 나의 삶을 채우려는 또 다른 욕구였을 뿐이다. 아마 친구는 그런 것까진 몰랐을 것이다.

"아무도 안 믿을 거야. 서정희는 이슬만 먹고 사는 줄 알 텐데. 저렇게 먹을 걸 밝히는 걸 누가 알까?"

친구는 깔깔대고 웃으며 함께 밥을 맛있게 먹어주곤 했다. 그 시간들을 함께했던 친구가 함께 살던 동네로 오라고 하니 용기가 났다. 원래 내가 있던 곳, 익숙한 곳으로 가자. 그곳에서 정정당당하게 나를 마주하고 다시 일으키자.

"정희야, 그까짓 거 아무것도 아니야. 누구나 다 겪을 수 있는 일이야. 주눅 들 필요도 없고 신경 쓸 필요도 없어. 너 얼마나 호탕하고 쿨한 사람이니? 네 안에 남자처럼 씩씩한 면이 있잖아. 그리고 너만의 예술 감각은 어떻고. 빠져들면 무섭게 집중하는 것도 그렇고, 난 너 볼 때마다 천재 아닌가 싶어. 그러니까 힘내, 친구야. 다시 시작하자."

무언가에 꽂히면 미루지 않고 바로 뛰어드는 성격까지 꼭 닮은 친구는 그날로 동네 부동산을 들락거렸다.

"정희야, 찾았어. 여기 너무 좋다. 전에 너 살던 집 옆에 아파트 단지 있지? 좀 낡긴 했지만 창문 열어놓으니까 탁 트여서 시원한 게, 여기 오면 뭔가 잘될 거 같아. 여기 계약하자."

"그래? 괜찮을까?"

"월세로 일단 살아봐. 요 앞에 산책로 있으니까 나랑 매일 걷고 운동하고, 아침형 인간끼리 만나 같이 브런치도 하자."

"그래, 계약할게. 월세면 어때. 내가 누구니. 나만의 스타일로 그 공간 또 싹 예쁘게 바꿔보지 뭐."

"그럼 당연하지. 네가 누군데. 살림의 여왕, 인테리어 선수 서정희잖아."

계약을 위해 다시 동네에 들어서니 옛 생각이 났다. 오랫동안 살았던 동네. 해마다 주인이 바뀐 낡은 집에 들어서니 섬광이 스치듯 공간디자인 아이디어가 떠올랐다.

"나 여기 내 스타일로 꾸밀 수 있을 거 같아. 거실은 그레이 톤으로 좀 어둡게 하고, 드레스룸을 큰방에 넣고, 문을 떼어내고, 저쪽에 커튼을 달고……."

"얘, 그건 그때 가서 생각하고, 우리 얼른 계약서에 도장 찍고 가서 밥이나 먹자. 뭐 먹을래? 고기?"

"당연한 걸 묻니. 오늘같이 좋은 날 너랑 있는데 고기 먹어야지. 계약도 하고 고기도 먹고 오랜만에 기분 정말 좋다."

그날 친구는 또 투덜댔다.

"아니, 그렇게 많이 먹으면서 왜 살이 안 찌는 거냐고."

。

오너스피릿

베토벤이 이런 말을 했다고 한다.

"나는 악상을 악보로 옮기기 전에 아주 오랫동안, 어느 때는 하루 종일이라도 머릿속에 품고 있다. 그 과정에서 많은 부분을 바꾸기도 하고 어떤 것은 버린다. 내가 만족할 때까지 계속 반복한다. 그리고 나는 정밀하게 다듬는다. 그것은 마치 조각품과 같다. 그러고 나면 이 곡을 악보로 옮겨 적는 일만 남게 된다."

베토벤의 말에서 내가 가장 중요하게 생각한 건 '하루 종일 많은 것을 품고 있다가 많은 것을 바꾸고 어떤 것은 버린다'는 내용이었다. 내가 글을 쓰는 것과 매우 일치했다.

내가 노트에 글을 써 내려가는 걸 본 사람들은 어떻게 그렇게 단숨에 거침없이 쓰느냐고 묻는다. 지우거나 찢거나 그런 과정이 없는 걸 신기해했다. 나에게 그런 건 전혀 어려운 일이 아니다. 나는 베토벤처럼 머릿속에 많은 걸 채워 넣는다. 매일 하루라도 새로운 걸 발견하지 않으면 죽은 것이라고 생각하고 마구잡이로 거침없이 채워 넣는다. 그리고 가득해진 그것들을 쉼 없이 노트에 꺼내놓는다. 그전에 이미 머릿속에서 보관할 것과 버릴 것이 한 차례 정리되었기 때문에 거침없이 쓸 수 있다.

이런 습관은 인테리어를 하는 데도 고스란히 드러난다. 열 가지 이상의 색감을 집어넣어 본다. 노랑, 빨강, 분홍, 회색 등 온갖 색을 다 넣어본 다음 하나씩 제거하면서 가장 돋보이는 색감을 분별하는 것이다.

또, 나는 여러 경험을 통해 축적해놓았던 자료나 정보 중 응용해볼 수 있는 건 바로 해본다. 반대로도 해본다. 나는 커튼을 남들처럼 달지 않는다. 속커튼과 겉커튼을 바꾸어 단다. 똑같으면 재미없으니까 내 스타일을 만드는 것이다. 어디선가 눈에 띄는 스타일을 발견하면 꼭 똑같은 소재가 아니더라도 내가 쉽게 구할 수 있는 재료를 이용해 일단 시도해본다. 눈을 크게 뜨면 주변에 싸고 좋은 재료가 많다. 그것들을 이용해 서정희만의 시그니처 스타일을 덧입혀 '정희화'한다. 평가는 나의 몫이니까 망쳐도 상관없다. 망친 것은 나만의 비밀로 하고 남들에게 보여주지 않는다. 다시 도전해서 완벽한 작품이 나왔을 때 공개한다. 이런 작업이 쌓이며 지금까지 조금씩 나만의 스타일을 만들었다.

공간 인테리어를 좋아하게 된 건 이런 것들을 시도해볼 수 있어서이다. 내가 봤던 것, 그중에서도 영감을 얻었던 것을 마음껏 풀어내면서 살아 있는 나를 느낀다. 내 인생에 깨끗한 도화지를 새로 받은 느낌, 심장이 쿵쾅거리는 느낌이다. 그리고 무엇보다 살림의 경계 안에 들어가 있는 작업이라 남편의 제재가 없었다. 일거수일투족 나의 움직임을 다 보고해야 하는 상황에서 유일하게 마음대로 할 수 있는 일이었다. 그러니 더 신날 수밖에 없었다.

옛 동네에 월셋집을 계약한 뒤 곧바로 정희 스타일로 바꾸는 작업을 시작했다. 남의 집이지만 괜찮다고 생각했다. 내가 살 집이고 돈을 많이 들이지 않아도 됐다. 칠도 직접 하고 대부분 가지고 있던 것들을 활용했다. 20년 이상 된 것들이었다. 오래 사용했지만 관리를 게을리하지 않아서 지금 봐도 멀쩡하다.

지금 나에게는 오너스피릿Ownerspirit, 어딜 가든 내가 주인이라는 생각이 필요하다. 그래야 주인으로 내 삶을 잘 가꿀 수 있다. 자기 집도 아닌 월셋집에 왜 그런 수고를 하느냐고 할지 모르지만 내가 머무는 공간을 나의 스타일과 감각으로 채우는 건 매우 중요한 일이다. 다시 나를 찾아야 하는 나에게는 특히 꼭 필요한 일이었다.

친구는 매일 내가 좋아하는 하겐다즈 아이스크림을 사 들고 공사 현장에 찾아왔다.

"얼마나 진행됐나 궁금해서. 고생한다. 그래도 얼굴이 훨씬 좋아 보이네."

예산이 빠듯해 일정 부분 내 손으로 해야 하는 일이 있었다. 한여름에 땀을 뻘뻘 흘리며 일을 하면 힘들기보다 오히려 힘이 솟았다. 비로소 진짜 자유를 찾은 기분이었다.

집을 나와 죽을 생각만 하며 아무도 모르는 동네에 숨어 살다가, 겨우 숨을 쉬고 세상과 마주했던 내가 이제는 진짜 내 세상에 발을 딛고 선 느낌이었다.

공간을 새로 만들면서 나도 새로 태어났다. 눈물이 사라진 자리에 조금씩 생기로운 빛이 돌기 시작하고 혈색이 살아났다. 할 일이 생기니 모처럼 단잠을 자게 되었다. 이렇게 내가 잘할 수 있는 일에 몰두하면서 조금씩 어둠의 터널이 끝나는 게 보였다.

나는 이 작업을 '바울의 셋집' 프로젝트라고 이름 지었다. 사도 바울이 로마의 셋집에서 복음을 전파하며 소중한 공간으로 만들었듯 나도 이 공간을 새로운 서정희를 만들어내는 공간으로 만들겠다는 의미였다. 그리고 도면을 펼쳐 '정희만의 인테리어 프로세스'라는 제목으로 메모를 시작했다.

일단 생각나는 것을 무작위로 적어나간다. 가급적 도면 위에 적는다.

- 가져갈 목록을 작성한다. 구체적으로 쓴다. 냉장고, TV, 플라스틱 통, 트렁크 크기까지 모두 센티미터 단위로 측정하고, 종류별 개수까지 적어두고, 사진을 찍어 스마트폰에 저장한다.
- 버릴 것은 미리 버린다.
- 커튼 류의 세탁물은 이사 날짜 2주 전에 세탁소에 맡긴다.
- 콘셉트를 정한다.
- 동선을 파악한다. 드레스룸을 강조한다. 잠만 자는 침실을 축소하고, 부엌을 축소할 것. 작업실 책상 확대.
- 새로운 아이디어를 구상한다. 이전의 것을 반복하지 않고 새로운 것을 구상한다. 사용 가능한 기존의 것들도 새로 미리 만들어본다.
- 예산을 정한다. 욕심을 버린다. 줄이는 게 목적이다. 탐나는 물건은 끝이 없다. 어디에 많이 투자하고 어느 것에서

예산을 아껴야 하는지 균형을 잡아야 한다.

–리서치를 시작한다. 서점에 가서 응용하고 싶은 것, 흉내
내고 싶은 것들을 스케치하고 사진에 담는다.

–설계 도면을 끝낸 뒤 철거하는 것이 아니라 철거와 도면을
동시에 시작한다.

–각 팀에 전달한다. 조명과 컬러와 재료, 소재 등을 정해 비
용과 인건비를 절감한다. 공정 기간을 체크한다.

–이사 준비를 시작한다. 비용 절감을 위해 이사는 비수기를
선택한다.

시간이 지나면서 도면은 메모로 넘쳐났다.

‘LED 조명 충분히 사용’, ‘에어컨 가리는 것 필수, 사진 참
고’, ‘천장 쪽 조명 보강’, ‘포인트 컬러:레드, 민트’, ‘색 교
체’, ‘수납 박스 사이즈, 개수 체크’, ‘거실 색 교체’.

그리고 한구석에는 이런 글을 적어놓았다.

‘웃음’이 회복되었다. ‘도면’은 ‘뜻밖의 선물’이다.
다시, Again!

칠을 마치고 가구를 들였다. 창고에 있던 짐들도 꺼내왔다. 익숙한 러그를 깔고, 리넨 침구를 깨끗이 빨아 씌우고, 소중히 여기던 살림살이를 풀고 정리했다. 그리고 최소한의 예산으로 최대의 효과를 주기 위해 조명에 신경 썼다. 인테리어의 마지막 화룡점정으로 어울리는 조명을 배치하는 건 나의 오랜 노하우다. 20년 전부터 아끼고 사랑했던 잉고 마우러의 조명을 알맞은 곳에 놓았다. 오래전 구입한 물건들이지만 관리를 철저히 해서 낡은 느낌이 전혀 없었다.

거실에 놓인 테이블에 경첩을 달아 너비를 조절할 수 있게 했다. 때로는 책상이 되고 미팅 테이블이 됐다가 식탁으로도 변신할 수 있도록. 컬러는 여러 번의 붓질을 통해 기본 컬러인 진한 그레이와 어울리는 민트 색으로 변경했다. 민트와 옐로우는 이번 콘셉트의 포인트 컬러. 기성 사이즈보다 훨씬 긴 테이블은 훌륭한 포인트가 되었다. 민트와 옐로우를 시작으로 점점 확대해 레드와 블랙까지. 소품들은 포인트 컬러와 어울리는 것들로 확대해나갔다.

엄마와 단둘이 살면서 잘 쓰지 않을 부엌에는 알루미늄 분위기의 시트지로 싱크대를 마감하고, 옐로우 컬러 숫자로 라벨링을 해 붙였다. 엄마 방도 간단한 캐비닛 장을 놓고 리넨 커튼을 달고 포근한 침구로 바꿔주니 마치 소녀 방처럼 예뻤다.

공사를 마치고 마침내 손수 꾸민 집으로 이사했다. 그제야 제자리를 찾았다는 느낌이었다. 창문을 열고 양껏 바람을 마시며 팔을 위로 쭉 뻗었다. 팔이 날개가 되어 훨훨 날아갈 것 같았다.

자유로운 새처럼, 바람처럼.

°

모든 터널의 끝은 출구다

"한때는 나만 아프다고 생각했고, 그게 너무 억울해서 세상을 경멸하고 증오했다. 하지만, 이제 안다. 내가 아무리 아파도 세상에는 나보다 더 가슴이 아픈 사람이 있다는 것을. 좋은 삶이었고, 이 세상은 어지러울 정도로 아름다웠다. 후회 없이 화내지 않고 떠날 수 있어 좋다."

_위지안, 『오늘 내가 살아갈 이유』, 이현아 옮김, 예담

위지안의 에세이 『오늘 내가 살아갈 이유』를 읽으며 죽음의 문턱에서야 깨달은 진리 앞에 함께 울었다. 마침내 나는 과거의 자신을 내려놓고 진짜 나의 현실을 있는 그대로 받아들이는 연습을 하게 되었다. 그날, 그날의 그 끔찍한 사건이 없었다면 어쩌면 영영 불가능했을 것이다.

거짓 없이 내 삶을 받아들이면서 한 가지 꿈이 생겼다. 절대 다시 시작할 수 없다는 사람들에게, 절대 다시 일어설 수 없다는 사람들에게, 망가졌다고 생각하는 사람들에게, 꿈을 가진 바보들에게, 나와 같은 이들에게 위로와 힘이 되는 '상처 입은 치유자'가 되고 싶다는 꿈. 세상과 소통하며 소외되고 고독한 이들과 손잡고 함께 나아가는 꿈 말이다.

상처받아본 사람이 상처 입은 이들을 더 잘 치유할 수 있다. 내 인생이 누군가에게 용기를 주고, 그 용기로 삶의 고통을 뛰어넘는다면 그날의 사건, 그리고 갇혀 있던 나의 32년이 가치 있을 것이라고 믿는다.

모두가 경악하며 지켜보던 그 충격적인 사건이 공개되던 날, 그날이 내 인생 최대의 축복의 날이 되었다. 자유와 행복의 세렌디피티serendipity, 뜻밖의 발견. 우연치고는 너무나 필연적인 행운의 날이 되었다.

쉰다섯 살, 지금 나는 꿈을 꾼다. 어디까지나 희망사항인 꿈이다. 그러나 간절하다. 되고 싶다는 게 없다는 건 삶을 내려놓은 것이나 마찬가지니까. 희망은 숨 쉴 이유가 되어준다.

나의 꿈은 나와 같은 여자들의 조력자가 되는 것이다. 실패한 여자건, 성공으로 가는 여자건 쉰이 넘은 여성들의 뷰티, 패션, 삶의 모든 것에 도움을 줄 수 있는 사람이고 싶다.

조금 더 구체적으로 말하면 리빙, 그러니까 '토털 리빙'의 전문가가 되고 싶다. 리빙에는 삶의 모든 것이 엮여 있다. 요리, 식기, 꽃, 인테리어, 패브릭, 예술, 패션, 뷰티, 삶의 태도, 그 어떤 것이라도 포함된다. 그동안 내 안에 채워왔던 많은 아이디어를 '리빙'이라는 카테고리 안에서 터뜨리고 싶다.

현실적으로 네가 뭘 해? 이렇게 물을지 모르지만 나만 볼 수 있는 특별한 것들이 꿈을 현실로 바꾸어줄지도 모른다. 그렇게 되면 봄꽃이 터지듯 나의 두 번째 스무 살을 맞이할 수 있을 것 같다. 물론 완벽하지 않다. 아직도 부족한 것투성이다.

스무 살, 그것은 단지 숫자에 불과하다. 스물이라는 나이가 품을 수 있는 삶의 기쁨, 그것은 쉰이 되어서도, 예순이 되어서도 의지만 있다면 얼마든지 누릴 수 있다고 본다. 오늘도 나는 두 번째 스무 살을 향해 달린다. 메모를 하고, 글을 쓰고, 책을 읽고, 영화를 보고, 나 자신을 스타일링하고, 내 공간을 스타일링한다. 조금 더 나은 삶을 위해, 조금 더 멋진 나를 위해.

긴긴 어둠의 터널을 지나 빛이 보이기 시작한다. 모든 터널의 끝은 출구다. 나는 이제 햇살이 가득한 세상으로 나아간다.

다시 새벽, 아직 코끝의 공기가 차다. 세수를 하고 책을 읽으며 따뜻한 차를 한 잔 마시고 나면 동이 틀 것이다. 겨울이 지나고 꽃이 피듯. 어둠을 지나 빛이 나타나듯.

나의 새날이 시작될 것이다.

다시 시작하는 나에게

누구에게나 숨기고 싶은 비밀이 한 가지는 있다. 나도 마찬가지다. 굳이 숨기려고 했던 건 아닌데, 이런 건 좀 아무도 몰랐으면 좋겠다 싶은 것. 그런데 어느 날 그 비밀이 온 세상에 공개됐다. 모두가 알게 됐다. 처음엔 정신을 차릴 수 없었다. 한번 생각해보시길. 꼭꼭 숨겨놨던 당신의 비밀이 이제 더 이상 비밀이 아니게 되었을 때의 기분을.

오히려 잘된 일이라고 수도 없이 되뇌었지만 그게 그렇게 후련하지만은 않았다. 그렇다고 후회를 한다거나 원망을 하는 마음 따위는 없다. 개인적인 비밀이었지만 어디까지나 진실이었고, 언젠가는 터져버릴 곪은 상처였으니까. 단지 그 비밀을 부여잡고 그 안에 성을 쌓고 혼자 버티고 인내했다. 시간이 아깝고 또 아까웠다. 그리고 너무나 억울했다. 그토록 이 악물고 노력했는데. 신앙 속에서 평화롭고 행복한 가정을 만들려고 그리도 애썼는데. 그렇게 참고 노력하면 언젠가는 이루어질 줄 알았는데, 끝내 마음먹은 대로 되지 않았다.

그와 나는 함께 시소에 앉을 수 없는 관계였다. 어느 한쪽이 쿵 하고 짓누르면 상대편은 깃털처럼 허공에서 바람에 나부낄 수밖에 없었다. 그는 끝까지 다리를 펴고 힘을 조절해 나와 수평을 맞춰주지 않았다. 나는 붕 떠올랐다가 엉덩이가 쿵, 쿵, 쿵, 몇 번이고 떨어져 내렸다. 그는 건너편에 있는 나를 아랑곳 않고 있는 대로 힘을 주었다. 덕분에 내 인생은 그럴 때마다 가여운 봉지처럼 펄럭거렸다. 그래도 다행인 건 절대 시소의 손잡이를 놓지 않았다는 것이다. 나는 그 손잡이를 꽉 잡고 있었다. 언젠가 평행이 되는 날을 기다리면서.

비록 한 사람과 평행이 되지는 못했지만 이제는 그 시소에서 내려와 넓은 운동장에 섰다. 두렵다. 불안하다. 이렇게 커다란 세상을 마주한 게 얼마 만인지. 아니, 마주한 적이 있기는 한 건지 기억나지 않을 정도니까. 그래도 그 앞에서 심호흡을 하고 숨을 고른다. '할 수 있어. 뭐든 해낼 수 있어. 이제 진짜 너의 인생을 시작하는 거야. 늦지 않았어. 설령 늦으면 어때? 해보는 거야.' 이렇게 다짐하면서.

그렇게 천천히 서정희의 인생이라는 운동장을 걷기 시작한다. 그러다 뛰어보고, 또 날아보려고도 한다. 가끔은 철봉에도 매달려보고, 그네도 타보고, 정글짐 꼭대기에 올라가 만세도 불러본다.

새로 이사한 아파트 앞 입구에 아담하고 조그마한 놀이터가 있다. 교회 갈 때, 친구를 기다릴 때 가끔 놀이터 그네에 앉아본다. 다리도 흔들어보고 조금씩 높이 올라가 본다. 스마트폰을 꺼내 셀프 사진을 찍기도 하고, 친구와 영상통화도 한다. 어린아이처럼 편하게 그네에 몸을 맡겨본다.

앞으로 인생의 운동장에서도 그렇게 편하게 놀아볼까 한다. 나이? 내 인생이라는 운동장에서 노는 데 나이가 무슨 상관일까?

어쩌면 후회할지도 모른다. 아무것도 모르던 나이에 다른 사람에게 운명을 맡겨버린 걸 두고두고 후회했듯, 지금 이렇게 이야기하고 글 쓰는 것 역시 20년쯤 지나 후회할지도 모른다. 하지만 괜찮다. 당연한 거니까. 언제나 미래는 두려움을 몰고 오고, 과거는 후회와 함께 오는 것이니까. 사실은 그 과거가 최선을 다한 현재였으니까.

누가 뭐래도 나는 지금, 열심히 살 것이다. 나중에 밀려오는 후회야 그때 가서 생각하기로 하고 하루하루 최선을 다하려 한다.

마지막 이혼 단계에서 결심한 게 있다. 다 빼앗겨서 눈물이 나지만 울지 말자. 그는 가장 중요한 것, 내 안의 것은 가져가지 못했다. 돌아보니 내 안에 차곡차곡 넣어뒀던 것들은 그대로 고스란히 남아 있었다. 작은 것 하나, 하늘에 쌓아둔 것들 모두. 내가 넣어놨던 아이들과의 행복한 추억, 지식, 감성 모두 그는 가져가지 못했다.

책을 본격적으로 준비하기 시작하면서 자꾸 눈물이 났다. 왜 그런지는 모르겠다. 훅, 하고 날아가 버릴 듯한 내 모습이 보여 견딜 수 없었다. 차마 그 감정을 어루만질 수도 없었다. 아마 나는 다시 돌아가도 똑같이 했을 것이다. 남편에게, 소중한 내 가족들에게 최선을 다했을 것이다. 그래서 더 가슴이 아팠다.

다행인지 불행인지 서글프게도 시간을 되돌릴 길은 없다. 이제 나는 씩씩해졌다. 이슬만 먹을 것 같다고 말하는 사람들을 비웃듯 폭식도 하고, 어디든 혼자 다녀도 겁나지 않는다.

잘살아보려고 한다. 내가 가진 것들을 쉰다섯, 빠르지 않지만 결코 늦지도 않은 지금 전부 펼쳐 보이려 한다. 내 것이었으나 미처 찾지 못했던 것들을 찾으려 한다. 지금부터 최선을 다해 찾아내려 한다. 그 과정은 진짜 나, 서정희를 찾는 길이 될 것이다.

잃어버렸던 스무 살을 되찾는

이 길을 함께해주신 여러분.

감사합니다.

정희

1판 1쇄 인쇄 2017년 6월 10일
1판 1쇄 발행 2017년 6월 15일

지은이 서정희
펴낸이 김영곤
펴낸곳 아르테

문학사업본부 이사 신우섭　**문학사업본부 본부장** 원미선
책임편집 이승희　**구성** 이재영　**문학기획팀** 신주식 김지영
문학마케팅팀 정유선 임동렬 김별　**문학영업팀** 권장규 오서영
홍보팀장 이혜연　**제작팀장** 이영민　**제휴마케팅팀장** 류승은

출판등록 2000년 5월 6일 제406-2003-061호
주소 (우 10881) 경기도 파주시 회동길 201(문발동)
대표전화 031-955-2100　**팩스** 031-955-2151

ISBN 978-89-509-7072-7　03810
아르테는 (주)북이십일의 문학 브랜드입니다.

사진 ⓒ 권영호(5p, 7p, 9p, 87p, 123p)　ⓒ Dong Joo(256~257p)

(주)북이십일 경계를 허무는 콘텐츠 리더
아르테 채널에서 도서 정보와 다양한 영상자료, 이벤트를 만나세요!
네이버오디오클립 | 팟캐스트 [클래식클라우드] 김태훈의 책보다 여행
페이스북 facebook.com/21arte　블로그 arte.kro.kr
인스타그램 instagram.com/21_arte　홈페이지 arte.book21.com